소망 없는 불행

Wunschloses Unglück

세계문학전집 65

소망 없는 불행

Wunschloses Unglück

페터 한트케

윤용호 옮김

민음사

일러두기
1 본문의 각주는 모두 옮긴이 주이다.

차례

소망 없는 불행

케른텐[1]에서 발행되는 신문《폴크스차이퉁》[2] 일요일 자 부고란에 다음과 같은 기사가 실렸다.

"토요일 밤 A면(G읍)의 51세 가정주부, 수면제 과다 복용으로 자살."

어머니가 돌아가신 지 거의 칠 주가 지났다. 나는 장례식 때 어머니에 대해 글을 쓰겠다는 너무도 강렬했던 욕망이, 그녀의 자살 소식을 처음 듣고 얼빠진 듯 말문이 막혔던 그때 상태로 되돌아가기 전에 작업에 착수했다. 그래, 일을 해야지. 왜냐하면 난 어머니에 대해 무언가 쓰겠다는 욕망을 때로 강

---

1) 오스트리아 남부의 주(州) 이름.
2) Volkszeitung. 국민일보란 뜻.

렬하게 느끼긴 했지만 그 욕망이 너무도 막연해서 당장 일을 시작하지 않는다면 현재의 내 정신 상태로는 타자기로 계속 똑같은 글자만 두드릴 것 같았기 때문이었다. 그런 식의 행동 요법만으로는 내게 도움이 되지 않을 것이다. 그 치료법은 단지 나를 수동적이고 무감각하게 만들 것이다. 나는 여행을 떠날 수도 있다. 어쩌면 여행을 하면서 멍청히 졸거나 하릴없이 돌아다니는 것이 차라리 나를 덜 괴롭힐지도 모른다.

이삼 주 전부터 나는 평소보다 더 예민해져 있었다. 주위가 어질러져 있거나 춥거나 조용하면 난 남들이 말도 못 붙일 정도였고 바닥에 떨어져 있는 실밥이나 빵 부스러기들까지도 주으려고 몸을 굽혔다. 때로 나는 손에 들고 있는 물건이 이미 한참 전부터 거기에 있었다는 사실에 소스라치게 놀라곤 한다. 어머니가 자살했다는 생각에 갑자기 사로잡히면 난 그 정도로 무감각해진다. 그럼에도 나는 그런 순간들을 갈구한다. 왜냐하면 그럴 때엔 둔감한 상태에서 벗어나 머리가 아주 맑아지기 때문이다. 그런 일이 있었음에도 마침내 더 이상 지루해하지 않고, 몸뚱이에 저항감도 느끼지 않고, 거리를 두겠다고 애쓸 필요도 없이 흘러가는 시간에 몸을 맡긴 채 내가 그전처럼 고통 없이 잘 지낸다는 것은 끔찍한 일이다.

이런 순간에는 누군가 쳐다보거나 말을 붙이면서 그 일에 대해 알은체하는 것이 가장 나쁜 일일 것이다. 그러면 즉시 고개를 돌려 버리거나 그가 하려던 말을 가로막아 버린다. 왜냐하면 누구에게나 지금 막 체험한 것을 이해시킬 수도, 전달할 수도 없다는 감정이 필요하기 때문이다. 오직 그래야만 그 체험에서 느낀 끔찍함이 의미 있고 실질적인 것으로 여겨지기 때문이다. 그 체험에 대해 누군가 말을 걸어 오면 나는 다시금 지루해지고 갑자기 모든 것이 근거 없는 것이 되어 버린다. 그런데도 나는 때때로 이유도 없이 사람들이 내게 어머니의 자살에 대해 이야기하고 그 일에 대해 무언가 언급하려 들면 화를 낸다. 내가 정말 바라는 것은 곧장 화제를 돌리고 무언가 농담거리를 듣는 것이다.

예를 들면 제임스 본드가 최근 영화에서, 그가 막 계단으로 던져 버린 상대방이 죽었느냐는 질문에, "그랬으면 좋겠는데요!"라고 말했을 때 나는 가벼운 마음으로 웃지 않을 수 없었다. 죽음과 죽는다는 것에 대한 우스갯소리가 내겐 전혀 무관한 일이고 심지어는 기분이 편안해지기까지 한다.

경악의 순간들은 언제나 아주 잠깐이고, 그 잠깐이란 시간은 경악의 순간들이라기보다는 오히려 비현실의 감정들이 치미는 순간이며 시간이 지나면 모든 것을 다시 모른 체해 버릴 순간들이다. 그리고 사람들은 누군가와 함께 있게 되면, 마치 지금 막 그에게 불손하게 굴기나 한 것처럼 이내 정신을 바짝 차리고 그에게 특별한 관심을 가지려고 한다.

아무튼 글쓰기를 시작한 후로 이러한 상황들은 내가 가능한 한 정확히 서술하려고 하는 바로 그 이유 때문에 멀어지기도 하고 지나가 버린 것으로 여겨지기도 한다. 그런 상황들을 서술하면서 나는 어느새 그 상황들을 내 생의 완결된 어느 한 시기로 회상하기 시작한다. 거듭 회상하면서 문장으로 구성하려고 애쓰는 일이 나에겐 너무도 힘들어 지난 몇 주 동안은 그 짧은 백일몽도 꾸지 않게 되었다. 순간 순간 난 바로 그런 '상황들'을 겪었다. 아무튼 수년, 아니 수십 년 동안 지겹도록 반추되었지만 처음 가졌던 생각으로 구성될 뿐인 일상적인 상념들이 갑자기 산산이 흩어져 버렸고 의식은 통증을 느꼈다. 그런 식으로 내 의식은 갑자기 텅 비어 버렸다.

그건 이제 지나가 버렸고 난 더 이상 이런 상황들을 겪지 않는다. 글을 쓸 때는 난 반드시 옛날에 대해, 적어도 쓰고 있는 시간 동안은 지나가 버린 일에 대해 쓴다. 늘 그렇듯이 난 문학적으로 대상에 몰두하며 나 자신을 회상하고, 문장을 만드는 기계로 피상화시키고 객관화시킨다. 나는 내 어머니의 이야기를 쓰고 있다. 첫 번째 이유는 종교적이니 심리학적이니 사회학적인 꿈 해석 운운하며 이 흥미로운 자살 사건을 어렵지 않게 설명할 수도 있을 어떤 낯선 인터뷰 기자보다는, 내가 그녀에 대해서, 또 그녀가 어떻게 죽음에 이르게 되었는가에 대해서 더 많이 안다고 믿기 때문이다. 또 하나의 이유는, 내 개인적인 관심 때문이다. 가령 무언가 할 일이 있으면 나는 기운을 얻는다. 마지막 이유는, 방식은 좀 다르겠지만 마치 인터뷰 기자처럼 이 자살을 하나의 사건으로 재현하고 싶기 때문이다.

물론 이런 모든 이유들은 아주 임의적인 것들이고, 역시 임의적일 뿐인 다른 이유들로 대치될 수도 있다. 어쨌든 완전히 말문이 막혀 버렸던 짧은 순간들과 그런 순간들을 표현하고자 하는 욕구가 있었고 옛날부터 내게는 이런 욕망들이 글을 쓰게 하는 동기였다.

장례식에 갔을 때 나는 어머니의 조그만 돈지갑에서 432란 번호가 적힌 등기 편지를 발송한 영수증을 발견했다. 그녀는 내게 금요일 저녁에, 그러니까 집에 돌아와 수면제를 먹기 전에 유언장의 복사본이 든 편지를 등기로 프랑크푸르트로 보냈다. (근데 왜 속달로 보냈을까?) 월요일에 나는 전화를 걸기 위해 그녀가 등기 편지를 발송한 바로 그 우체국에 갔다. 그때는 이미 그녀가 죽은 지 이틀 반이 지난 후였다. 나는 우체국 직원 앞에 놓인 데스크에서 등기 발송 번호가 적힌 노란 두루마리를 보았다. 그사이 아홉 통의 편지가 발송되어서 등기 발송 번호는 이제 442번이 되었다. 이 숫자의 형태는 머릿속에 들어 있던 숫자와 너무도 비슷해서 처음에는 혼란스러움을 느꼈으며 순간적으로 아무런 일도 일어나지 않았다고 생각했다. 누군가에게 그 일에 대해 이야기하고 싶다는 욕망이 내 기분을 꽤나 밝게 했다. 그날은 아주 청명했다. 눈이 왔고 우린 간(肝)을 넣어 만든 완자 수프를 먹었다. 만약 '이야기는 ……로 시작되었다.'라고 서술하기 시작한다면 모든 것이 꾸민 것처럼 보일 것이며 듣는 사람이나 읽는 사람에게 사사로운 공감을 불러일으키는 것이 아니라 오히려 상당히 환상적인 느낌을 자아낼 이야기를 전하게 될 것이다.

　　이야기는 나의 어머니가 돌아가신 곳과 똑같은 곳에서 50여 년 전에 태어나신 것으로부터 시작된다. 그 당시 그 지역에 쓸 만한 땅은 교회나 귀족 지주의 소유였다. 그중 일부는 대개 수공업자들이거나 가난한 농부들이었던 주민들이 소작했다. 모두들 너무도 가난해서 땅을 조금이라도 소유하는 경우는 아주 드문 일이었다. 농노라는 신분 제도는 형식상 1848년에 폐지되었으나 실상은 그전의 상태가 여전히 지속되고 있었다. 아직도 살아 계시고 현재 여든여섯 살이신 나의 외할아버지는 목수였으며 목수 일 말고도 외할머니와 함께 밭과 목초지를 조금 경작했고 그 때문에 해마다 소작료를 물었다. 그분은 슬로베니아계 혈통이며 사생아였다. 결혼 적령기에 도달했으면서도 혼인할 돈도, 결혼 생활을 꾸려 갈 집칸도 없었던 당시의 가난한 농민층의 자식들은 대개 그런 식으로 태어났다. 그래도 그분의 모친은 꽤 여유 있는 농부의 딸이었다. 그 집에서 외할아버지의 부친은 '아버지'가 아니라 머슴으로 살았다. 어쨌거나 그분의 어머니는 이런 방법으로 작은 땅이라도 살돈을 받게 되었다.

외할아버지는 남의 집에서 태어나 유일한 소유물이었던 축제일 옷이 입혀진 채 제대로 장례식도 치르지 않고 땅속에 묻혔다. 그러나 맨주먹으로 머슴살이를 했지만 몇 세대가 지난후에는 매일 일을 해야 한다는 의무감 없이 정말로 편하게 느낄 만한 환경에서 자라난 첫 번째 사람이었다. 또한 그는 빈곳이 많은 세례 증서를 가졌던 첫 번째 인물이기도 했다.

얼마 전 한 신문의 경제면에 서방 세계의 경제 원칙을 옹호하는 기사가 실렸다. 거기에 "소유권이란 구체화된 자유"라고 쓰여 있었다. 그 말은 여러 세대 동안 재산도 없었고 따라서 권한도 없었다가 적어도 부동산이란 걸 소유했던 사람인, 당시의 내 외할아버지에게 그대로 들어맞는 말이었다. 무엇인가를 소유하고 있다는 의식은 몹시 해방감을 주어, 여러 세대에 걸쳐 의지라는 것을 갖지 못하다가 갑자기 좀 더 자유롭게 되고자 하는 의지를 가질 수 있었으니 말이다. 그것은 외할아버지의 상황에서는 당연히 토지를 늘리는 것을 의미했을 뿐이었다.

처음에 소유하게 된 토지는 물론 아주 작았으나 그것을 계속 유지하려고만 해도 자신의 노동력이 거의 통째로 투입되었다. 그러다 보니 이 억척스러운 소농에겐 단 한 가지의 가능성밖에 없었다. 그것은 저축하는 것이었다.

그래서 외할아버지는 저축을 했지만 1920년대에 닥친 인플레이션으로 인해 모두 허사가 되어 버렸다. 그러고 나서 그분은 다시 저축을 시작했다. 남는 돈을 저축한 건 말할 것도 없고 하고 싶은 것을 모두 억눌렀으며 그 끔찍한 내핍(耐乏)을 자식들에게까지 강요했다. 외할머니는 여자란 이유만으로 태어날 때부터 무언가 다른 것이 있을 수도 있다는 것은 꿈조차 꾸지 못했다.

그분은 자식들이 결혼이나 직업 교육을 위해 독립 자금이 필요할 때까지 계속 저축했다. 이렇게 저축한 것을 일찌감치 자식들의 교육을 위해 쓴다는 생각을 그분은 해 본 적도 없었고 특히 딸자식의 경우에는 그건 말도 안 되는 일이었다. 아들들의 경우에도 어디든 집을 떠나면 그저 맨주먹이 된다는 수백 년 전부터 전해 오는 악몽이 얼마나 깊이 주입되었던지 그중 한 명은 주(州)의 수도에 있는 김나지움에 우연히 빈자리가 있어 가게 되었지만 객지 생활을 며칠도 견디지 못하고 40킬로미터나 떨어진 집으로 걸어서 돌아와서는 집 앞에서——그날은 집 안팎을 깨끗이 청소하는 토요일이었다.——말 한마디 없이 곧장 마당을 쓸기 시작했다. 동틀 녘에 비로 마당을 쓰는 소리만으로도 그가 돌아왔다는 충분한 표시가 되었다. 그 뒤 그는 대단히 유능한 목수가 되어 그 일에 만족했다고 한다.

그와 그의 맏형은 제2차 세계대전이 발발하자마자 전사했다. 외할아버지는 그사이에도 계속 저축했지만 그렇게 저축한 것을 1930년대에 밀어닥친 실업으로 다시 잃어버렸다. 그분은 또다시 저축했다. 그건 그분이 술도 담배도 입에 대지 않고 노름도 거의 하지 않았다는 것을 의미했다. 그가 했던 유일한 놀이는 일요일에 하는 카드놀이뿐이었다. 그러나 그분은 거기서 딴 돈도——그분은 아주 신중하게 카드놀이를 해서 거의 항상 땄다.——저축했고 자식들에게는 그중에서 작은 동전이나 한 닢 튕겨 줄 뿐이었다. 전쟁이 끝난 후에도 그분은 다시 저축하기 시작했고 나라에서 연금을 받는 지금까지도 저축하는 일을 멈추지 않고 있다.

살아남은 아들은 스무 명이나 되는 일꾼을 거느린 '목수 십장'으로 일했으며 더 이상 저축할 필요가 없었다. 그는 투자를 했다. 그 말은 그가 술을 마실 수도 있고 노름도 할 수 있다는 것을 의미하며 또한 그런 일들이 그에게는 당연하기도 했다. 그럼으로써 그는 평생 말도 없이 모든 일에서 관계를 끊고 살아온 부친과는 달리 적어도 하나의 언어를 찾아낸 셈이다. 비록 그가 그 언어를 읍의원으로서 위대한 과거 운운하며 위대한 미래를 꿈꾸는 세상 물정 모르는 소정당을 대표하기 위해 이용했지만 말이다.

이런 환경에서 여자로 태어난다는 것은 애당초부터 치명적인 일이었다. 그러나 그것은 어떤 경우에도 미래에 대한 걱정은 안 해도 좋다는 안이함을 의미할 수도 있다. 교회 헌당식 때 장날에 오는 점쟁이들도 총각들의 손금에만 진지한 관심을 보였을 뿐 그들에게 처녀들의 미래란 그저 우스개에 불과한 것이었다.

모든 것은 이미 정해져 있었고 가능성이란 없었다. 사소한 불장난, 몇 번의 킬킬대는 웃음, 잠깐의 당혹감, 그리고 나서 처음 짓게 되는 낯설고 침착한 표정. 다시금 찌든 집안 살림이 시작되고 첫아이가 태어난다. 부엌에서 바쁘게 일한 후 잠깐 사람들 틈에 끼지만 여자들의 말은 처음부터 누구나 건성으로 들을 뿐이고, 그러다 보니 여자들 자신도 점점 남의 말에 귀 기울이지 않게 되고 혼잣말이나 중얼거리게 된다. 나중엔 두 다리로 서는 게 불편해지고, 혈관 경련이 오고, 잠자면서 중얼대기 시작하고, 자궁암에 걸리고, 드디어 죽게 되면 예정된 섭리는 끝나는 것이다. 그래서 그 마을의 여자 아이들이 많이들 하고 노는 말잇기 놀이도 '피곤하고/기진하고/병들고/죽어 가고/죽고'라는 식으로 여자의 삶을 나타냈다.

나의 어머니는 5남매 중 넷째였다. 학교에서 그녀는 영리하다는 소리를 들었다. 선생님들은 그녀에게 가장 좋은 성적을 주었고 특히 필체가 깨끗하다고 칭찬했다. 그러나 학창 시절도 어느새 지나가 버렸다. 배운다는 것도 그저 애들 놀이에 불과한 것이었다. 의무 교육이 끝나고 어른이 되면 그건 필요 없는 것이 되었다. 처녀들은 장래를 위해 집에서 그저 가사나 익히곤 했다.

암흑과 폭우 속에서 느껴지는 동물적인 두려움 외에 다른 두려움은 없었다. 그저 더위와 추위, 축축함과 건조함, 편안함과 불편함 사이의 변화만 있었을 뿐이었다.

교회의 축제일들, 몰래 춤추러 간 것 때문에 따귀를 맞은 일, 오빠들에 대한 시기심, 교회 성가대에서 노래한 일 등 사이로 시간은 흘러갔다. 그 밖에 세상에서 일어나는 일은 베일에 가려 있었다. 신문이라곤 교구에서 나오는 《주일회보》밖에 없었고 그 회보에서도 고작 연재 소설만 읽었다.

일요일이면 고추냉이 소스를 친 삶은 쇠고기 요리, 카드놀이, 그 옆에 다소곳이 앉아 있는 여자들, 처음 갖게 된 라디오를 들고 찍은 가족 사진.

어머니는 본성이 재기 발랄해서 사진을 보면 양손으로 허리를 받치고 있거나 한 팔을 남동생의 어깨 위에 턱 올려놓고 있었다. 그녀는 항상 웃고 있었고 마치 웃는 것 말고는 달리 할 수 있는 일이 없는 것처럼 보였다.

비가 오고 해가 뜨면, 밖에 있거나 안에 있었다. 여자들의 감정은 날씨에 많이 좌우되었다. 왜냐하면 '밖'이라고 하면 거의 항상 마당을 의미했고, '안'이라고 하면 예외 없이 자기만 쓸 수 있는 방도 없는 집 안을 의미했기 때문이다.

그 지역의 기후는 매우 변덕스러웠다. 겨울은 추웠고 여름은 후텁지근했지만 해가 질 때나 그늘에서는 오들오들 떨렸다. 비는 많이 내렸다. 구월 초만 되면 오늘날에도 더 크게 만들어지지 않은 아주 작은 창문에 축축한 안개가 하루 종일 끼곤 했다. 빨랫줄 위에 매달리는 물방울, 어둠 속에서 길을 가는 사람 앞으로 펄쩍 뛰어드는 두꺼비들, 모기들, 곤충들, 낮에도 날아다니는 나방들, 통나무 헛간의 널빤지들 속에 있는 벌레들과 지네들, 누구나 이런 것들에 길들여져야 했고 다른 도리가 없었다. 소망 없이 사는 게 어떤 식으로든 행복하다고 여기는 사람은 아주 드물었으며, 소망 없이 사는 걸 모두가 불행하게 생각했다. 다른 삶의 형태와 비교할 가능성은 없었다. 그렇다고 더 이상 욕망도 없었을까?

문제는 어머니가 갑자기 무언가에 대한 욕망을 갖기 시작했다는 것으로부터 시작되었다. 그녀는 배우고 싶어했다. 그건 그녀가 아이였을 때 무언가를 배우면서 자기 자신에 관해 느꼈기 때문이었다. 그건 사람들이 "난 나 자신을 느껴."라고 말하는 것과 같은 것이었다. 그건 최초로 가진 소망이었고, 그 소망을 끊임없이 말하다 보니 급기야는 고정 관념이 되어 버렸다. 어머니의 이야기에 따르면, 그녀는 할아버지께 무엇인가 배우게 해 달라고 '애걸복걸했다'고 한다. 그러나 그건 할아버지껜 말도 안 되는 것이었다. 그녀는 손짓 몇 번으로 거절당했고 그 이후엔 생각조차 할 수 없는 일이 되었다.

어쨌든 주민들 사이엔 기정사실들, 즉 임신, 전쟁, 국가, 관습 및 죽음 같은 것에 대해 예로부터 전해 내려오는 경외심이 있었다. 나의 어머니가 열대여섯 살에 무작정 집을 나와 호숫가의 한 호텔에서 요리하는 것을 배웠을 때 할아버지는 그녀가 하는 대로 내버려두었다. 그건 그녀가 이미 가출해 버렸기 때문이었다. 게다가 요리에는 배울 게 그다지 많지도 않았다.

그러나 설거지 보조원, 객실 하녀, 주방장 조수, 주방장이 되는 것 말고는 그녀에게 다른 가능성은 없었다. '먹는 거야 어떻게든 해결되겠지.' 발그레한 얼굴에 윤기 나는 뺨을 하고, 그녀 때문에 같이 오긴 했지만 부끄럼을 타는 듯이 딱딱한 표정을 지은 여자 친구들과 함께 찍은 사진에서 그녀는 패거리의 중심이었고 '내게 더 이상 무슨 일이 일어날라고!' 하는 자의식에 찬 쾌활함과 생기발랄하고 사교적인 모습을 보여 주었다.

도시 생활——짧은 원피스, 하이힐, 파마 머리와 귀걸이, 남을 의식할 필요 없는 즐거운 생활. 심지어는 외국에도 가 보았다. 어머니는 객실 하녀로서 슈바르츠발트[3]에도 갔었다. 추근대는 남자들이 많았지만 누구도 거들떠보진 않았다. 데이트하고, 춤추고, 담소하고, 즐기고……. 섹스에 대한 감춰진 두려움. "그렇지만 아무도 내 맘에 들지 않았단다." 일하는 것, 즐기는 것, 답답한 가슴, 가벼운 가슴. 라디오에서 나오는 히틀러의 목소리는 듣기에 괜찮았다. 더 이상 무언가를 이룰 수 없는 그런 사람들이 갖는 향수 때문에 그녀는 호숫가의 호텔로 다시 돌아왔다. "그때 난 벌써 부기를 배우고 있었단다." 좋은 성적을 받았고 성적표에는 다음과 같이 적혀 있었다. "……양(孃)은 영리하고 빨리 배우는 것으로…… 입증되었습니다. 그녀의

---

3) Schwarzwald. 독일 남서부의 산림 지대. 휴양지로 유명하다.

근면성과 솔직하고 명랑한 성품 때문에 그녀를 놓치기 아깝습니다만…… 그녀는 우리 직장을 본인의 소망에 따라 퇴직합니다." 보트를 타러 다니고 밤새도록 춤을 춰도 그녀는 전혀 지치지 않았다.

1938년 4월 10일, 독일로 합병! "바덴바일러 행진곡[4]이 울려 퍼지는 가운데 클라겐푸르트[5]의 거리마다 승리감에 도취되어 행진한 후 지도자는 오후 4시 15분에 도착했단다. 군중들의 환호는 끝을 모르는 것 같았어. 이미 얼음이 녹은 뵈르터 호수[6] 부근의 요양지와 피서지에 수천의 나치 깃발이 펄럭거렸다. 독일 제국 비행기와 우리나라 비행기들이 구름 속에서 내기라도 하듯 날아다녔단다."

신문에선 투표 기호와 비단이나 종이로 된 깃발들을 광고했다. 축구팀은 경기가 끝난 후 규정대로 '지크 하일(Sieg Heil!)'[7]을 외치며 해산했다. 화물차엔 오스트리아의 'A' 대신 도이칠란트의 'D' 자가 번호판에 쓰였다. 쾨니히스베르크 제국 방송은 6시 15분에 명령 전달, 6시 35분에 그날의 모토, 6시 40분엔 체조, 저녁 8시부터 한밤중까지 리하르트 바그너 콘서트와 오락 프로그램, 춤곡을 라디오로 방송했다.

"4월 10일, 당신의 투표 용지 속 찬성이라는 단어 밑에 있

---

4) Badenweiler Marscher. 독일 슈바르츠발트의 남부에 있는 온천 지역의 이름을 딴 행진곡.
5) 케른텐 주의 수도.
6) 클라겐푸르트 소재.
7) 나치의 구호로 '만세!'라는 뜻.

는 커다란 원에 뚜렷하게 × 표[8]를 해야 합니다."

감옥에서 나온 도둑들은 그사이 없어져 버린 유태인 가게에서 문제의 물건을 구입했다며 자신의 죄를 시인했다.

횃불 행렬 시위, 대중 집회 시위. 나치 깃발이 걸린 건물 앞에서 사람들은 부동자세로 경례를 했다. 숲과 산꼭대기엔 장식이 되어 있었다. 그 역사적 사건들이 시골 사람들에게는 자연의 드라마로 여겨졌다.

"우린 상당히 흥분되어 있었단다."라고 어머니는 이야기했다. 처음으로 공동 체험이란 것이 있었다. 지리한 평일이었는데도 '밤늦은 시간까지' 축제 같은 분위기였다. 그때까지는 이해하기 어렵고 낯설었던 것이 의미를 지니고 보다 큰 상황의 일부가 되었다. 즉, 하기 싫어서 기계적으로 하던 일들까지도 의미 있고, 축제 행사처럼 되었다. 사람들의 기계적인 움직임은 운동 경기 같은 리듬을 띠었다. 그것은 다른 수많은 사람들도 똑같이 움직이는 것을 보았기 때문이었다. 그래서 사람들은 삶에서 스스로를 지양하면서도 자유로움을 느끼는 하나의 형식을 지니게 되었다.

그 리듬은 의식(儀式)으로서 실존적이 되었다. '공익이 사익보다 앞서며 공공심이 사심보다 우선한다.' 그래서 사람들은 어딜 가든 고향처럼 느꼈고 더 이상 향수 같은 것은 없었다. 사진의 뒷면에는 많은 주소들이 적혔고 비망록이 처음으로 마련되었다.(아니면 선물로 받았나?) 갑자기 많은 사람들이 서

---

8) 찬성의 표시.

로 친구가 되었고 사건들이 너무 많이 일어나다 보니 사람들은 무언가를 잊어버릴 수도 있었다. 그녀는 언제나 무엇인가에 자부심을 가지려 했었다. 그런데 이제 사람들이 하는 일이 왠지 중요해졌기 때문에 그녀는 정말로 자랑스러움을 느꼈다. 특정한 일에 대해서가 아니라 드디어 얻게 된 삶에 대한 감정 표현이자, 정신 자세로서 전반적으로 자랑스러웠던 것이다. 그래서 그녀는 그 막연한 자부심을 결코 포기하지 않으려고 했다.

그녀는 아직도 정치엔 관심이 없었다. 눈에 확 띄게 벌어지고 있는 것은 그녀에게는 모두 정치와는 전혀 무관한 것으로서 가장 행렬, 우파[9]의 주간 뉴스 축제('중요 시사 뉴스 개관——두 주간의 음악!'), 세속적인 장날 같은 것이 있었다. 어쨌든 '정치'는 색깔도 없고 추상적인 것이었다. 그건 가장무도회도, 윤무도, 고유한 의상을 입은 관현악대도 아니었다. 그야말로 가시적인 것이 아니었다. 어디를 보나 허식이었고 '정치'였다. '정치'는 무엇이었나? 그건 단어였을 뿐 어떤 개념도 아니었다. 왜냐하면 학교 교과서에서부터 정치와 관련된 모든 것이 무언가를 포착할 수 있는 현실과 관계 없는 표어가 되어 버렸고, 지금까지 사용되던 이미지들도 그림으로는 나타나도 인간적인 내용을 상실했기 때문이었다. 즉, 억압은 사슬이나 장화 굽으로, 자유는 산(山)의 정상으로, 경제 체제는 유유히

---

9) UFA(Universum-Film-Aktiengesellschaft). 1918년에 창립된 독일 최대의 영화사로 제2차 세계대전 후 해체되었다.

연기를 내뿜는 공장의 굴뚝이나 하루의 일을 끝내고 피우는 파이프 담배로, 사회 체제는 '황제-왕-귀족/시민-농부-직조공/목수-거지-묘지꾼'의 등급으로 표현되었다. 그런데 이 사회 체제의 등급은 자식들이 많은 농부, 목수, 직조공의 집에서만 모방될 수 있는 놀이였다.

이 시기 동안 나의 어머니는 스스로의 껍질에서 벗어나 제 힘으로 설 수 있게 되었다. 그녀는 어떻게 처신해야 할지 알게 되었고 사람들과의 접촉에서 느꼈던 불안감도 완전히 떨쳐 버렸다. 삐딱하게 쓴 모자, 그건 그녀가 제멋에 겨워 카메라를 보고 웃는 동안 어떤 총각 녀석이 그녀의 머리를 자기 머리로 눌렀기 때문이었다.(사진이 무언가 '말할 수 있다'는 것은 허구이다. 그러나 실제로 일어난 일이라고 하더라도 재구성하여 표현한다는 것은 결국 허구적인 것이 아닐까? 사건의 단순한 보고에 만족한다면 덜 허구적이겠지만, 자세히 표현하고자 하면 할수록 허구적인 것이 아니겠는가? 그리고 이야기 속에 허구를 많이 집어넣으면 넣을수록 다른 사람에게는 그 이야기가 더욱 흥미로워질 것이다. 왜냐하면 사람들은 단순히 보고되는 사실보다는 허구적 서술에 보다 쉽게 동일시되기 때문이다. 그렇기 때문에 문학에 대한 욕망이 생기는 게 아닐까? 토마스 베른하르트[10]의 작품에 '강변에서 일어난 호흡곤란'이란 표현이 있다.)

희미한 불이 켜진 '성상 안치소'에서 신비롭게 빛을 발하는

----

10) Thomas Bernhard(1931~1989). 오스트리아 작가.

대중용 라디오의 힘찬 음악과 함께 통고되었던 일련의 승전 보고들은 사람들의 자의식을 더욱더 상승시켰다. 왜냐하면 전쟁은 '모든 상황의 불확실성을 가중시켰고(클라우제비츠)'[11] 그전 같으면 당연하게 여겼을 법한 일상에서 벌어졌던 일들을 긴장감 도는 우연한 일로 보이게 만들었기 때문이다. 전쟁이란 나에게 미래의 정서적 발달을 변색시키는 어린 시절의 악몽이라면 어머니에게는 무언가 다른 것이었다. 그건 그녀가 지도를 통해서만 알았던 꿈 같은 세계와의 접촉이었고 먼 것에 대한, 그리고 사물들이 평화시엔 어떠했던가를 알게 해 주는, 새로운 느낌이었다. 특히 그저 존재 없는 동무 역, 댄스 상대 역, 동료 역에 한정되었던 사람들에 대해 새로운 감정을 불러일으켰고 처음으로 가족의 유대감도 느끼게 해 주었다. "사랑하는 오빠……! 난 지금 지도 위에서 오빠가 계시리라 여겨지는 곳을 보고 있어요……. 오빠의 누이가……."

그와 같은 상황에서 그녀의 첫사랑도 있었다. 독일 나치당원으로 전쟁이 일어나기 전에는 은행원이었지만 전쟁 중에는 경리 담당 장교로 복무했으며 약간 특별한 데가 있는 남자였다. 그녀는 곧 임신하게 되었다. 그는 유부남이었지만 그녀는 그를 매우 사랑했다. 그가 무슨 말을 해도 그녀에겐 상관이 없었다. 그녀는 그를 양친에게 소개했고, 함께 소풍도 갔고, 그의 고독한 군인 생활의 벗이 되어 주었다.

---

11) 카를 폰 클라우제비츠(Carl von Clausewitz, 1780~1831). 프로이센의 장군이자 철학자로 그의 작품 『전쟁(Vom Krieg)』에서 인용된 표현이다.

"그는 내게 아주 친절했고 난 다른 남자들 앞에서와는 달리 그 사람 앞에선 전혀 겁을 내지 않았단다."

그가 결정을 내리면 그녀는 거기에 따랐다. 언젠가 그는 그녀에게 선물을 했다. 향수였다. 그는 그녀에게 방에 놓을 라디오를 빌려주었다가 나중에 다시 가져가기도 했다. '그때에는' 그가 책도 읽었고 그들은 함께 『난롯가에서』란 제목의 책도 읽었다. 그들은 언젠가 목장에 소풍을 갔다 내려오는 길에 달리기를 한 적이 있었다. 어머니가 방귀를 뀌자 아버지는 그녀를 나무랐다. 조금 있다가 이번에는 그가 방귀를 뀌었고 그는 가벼운 헛기침을 했다. 몇 년 뒤 그 사건을 내게 이야기하면서 어머니는 데굴데굴 굴렀고 고소해하면서도 양심에 찔린 듯 낄낄댔다. 왜냐하면 자신의 유일한 사랑을 스스로 헐뜯었기 때문이었다. 언젠가 누군가를, 그것도 그런 남자를 사랑했었다는 것을 그녀 자신도 희한하게 생각했다. 그는 그녀보다 키가 작았고 나이는 훨씬 많았으며 거의 대머리였다. 그녀는 단화를 신고 그의 옆에 걸어가며 그와 발을 맞추기 위해 항상 애를 썼지만 그녀의 손은 그의 거부하는 듯한 팔에서 자꾸만 빠져나갔다. 그들은 어울리지 않는 우스꽝스러운 한 쌍이었다. 그럼에도 불구하고 그녀는 이십 년이 지난 후에도 여전히 자기가 한때 이 은행원에 대해 느꼈던 순수한 크니게 식의 감정[12]을 다른 누군가로부터 느낄 수 있기를 갈망했다. 그러나

---

12) 아돌프 폰 크니게(Adolf von Knigge, 1751~1796)는 계몽주의 시대 작가로, 그의 예의범절에 관한 책 『인간들과의 교제에 관해(Über den Umgang mit Menschen)』(1788)에서 연유했다.

더 이상 다른 남자는 없었다. 생활 여건이 그녀에게 특정한 상대 한 명에게만 고정된 채 머물러야 하는 그런 사랑을 가르쳤던 것이다.

내가 처음으로 나의 아버지를 본 건 마투라[13]를 치른 후였다. 약속된 곳으로 가는 도중에 그는 우연히도 내 쪽으로 오고 있었다. 그는 볕에 그을린 코를 반쯤 접힌 종이로 가리고, 샌들을 신고, 스코틀랜드산(産) 양 지키는 개를 줄에 매단 채 걸어오고 있었다. 그러고 나서 그녀의 고향에 있는 작은 카페에서 그는 옛 애인을 만났다. 어머니는 흥분해 있었고 아버지는 어쩔 줄 몰랐다. 카페의 다른 쪽 끝에 있는 뮤직 박스 옆에서 나는 엘비스 프레슬리의 「변장한 악마(Devil in Disguise)」란 곡을 눌렀다. 어머니의 남편은 모든 낌새를 알아챘지만 자기가 알고 있다는 표시로 막내아들을 카페로 들여보냈을 뿐이었다. 콘 아이스크림을 산 후 아이는 어머니와 낯선 남자 사이에 서서 가끔 그녀에게 집에 곧 갈 거냐는 질문을 하곤 했다. 나의 아버지는 안경에 선글라스를 끼우면서 이따금씩 개에게 말을 걸었으며 '미리' 돈을 내려고 했다. 어머니가 핸드백에서 돈지갑을 꺼내자 그는 "아니요, 아니요, 내가 내겠소."라고 말했다. 휴가 여행을 보내면서 우리는 어머니에게 함께 그림 엽서를 보냈다. 우리가 머물렀던 곳 어디에서나 그는 내가 자기 아들이라고 떠들어 댔다. 우리가 동성애자로 여겨질까 봐 겁이 났기 때문이었다. 삶은 그를 실망시켰고 그는 점점 더

---

13) Matura. 오스트리아의 고등학교 졸업 및 대학 입학 자격 시험.

고독해졌다. "인간이란 걸 잘 알기 때문에 난 동물을 사랑하게 되었단다."라고 그는 말했지만 물론 아주 심각하게 한 말은 아니었다.

　내가 태어나기 직전 나의 어머니는 오랫동안 자신을 따라다니면서 다른 남자의 아이를 낳아도 상관이 없다고 하는 어떤 독일군 하사와 결혼했다. 그는 그녀를 처음 보자마자 '바로 저 여자야!'라고 결심했으며 동료들에게 자기가 그녀를 얻게 되거나 아니면 그녀가 자기를 받아들일 거라고 내기를 걸었다. 그는 그녀의 마음에 들지 않았다. 그러나 사람들은 아이에겐 아버지가 있어야 한다는 의무감을 그녀에게 일깨워 주었다. 평생 처음으로 그녀는 위축되었고 웃음도 어느 정도 사라져 버렸다. 그러나 누군가가 자기에게 호감을 가졌다는 사실이 그녀를 감동시켰다.

　"난 그 사람이 보나마나 전사하리라고 생각했다."라고 그녀는 내게 말했다. "그렇지만 난 갑자기 그 사람이 걱정되기 시작했단다."

　어쨌든 그녀는 이제 가족 수당을 받을 권리가 생겼다. 그녀는 아이와 함께 시부모가 계신 베를린으로 갔다. 그들은 그녀에게 관대하게 대해 주었다. 처음으로 폭격이 시작되었을 때 그녀는 다시 고향으로 돌아왔다. 옛날이야기이다. 그녀는 다시 웃음을 찾게 되었고 때로는 너무 크게 웃어 대어 모두들 놀라 움찔할 정도였다.

　그녀는 남편을 잊었고, 또 집 안에서 아이가 울면 가슴에 꼭 껴안았다. 그리고 오빠들이 죽고 난 후부터 서로서로 모르는 척하며 지나치기만 하는 다른 식구들을 피했다. 그 이상은 아무것도 없었던가? 그게 전부였을까? 죽은 사람들을 위한 위령 미사, 유아 질병, 닫힌 커튼, 편히 지냈던 시절에 알았던 사람들과의 편지 교환, 부엌과 들판에서 쓸모 있는 사람 되기, 밭일 할 때 아이를 그늘에 눕혀 두기 위해 가끔씩 뛰어다니기. 그리고 시골까지도 위급함을 알리는 사이렌 소리, 주민들은 공습 대피소가 된 암벽 동굴로 뛰어 들어가고, 마을에 생긴 첫 폭탄 자국, 그것이 나중엔 아이들의 놀이터와 쓰레기 하치장으로 사용되었다.

밝은 날에는 귀신이라도 나올 것 같았고, 일상적인 접촉으로 어린 시절의 악몽으로부터 벗어나 친숙해졌던 바깥 세계가 다시금 도저히 그 형태를 파악할 수 없는 유령이 되어 버렸다.

나의 어머니는 매사에 눈을 크게 뜬 채 놀라서 바라보았다. 그녀에겐 겁이 없어졌으나 모두들 겁을 집어먹는 통에 전염되어 겨우 한번씩 짧게 웃음을 터트리곤 했다. 그건 그녀의 몸놀림이 너무 채신머리없이 제멋대로 되어 버린 것이 부끄러웠기 때문이었다. 아이였을 때, 심지어 어린 소녀였을 때까지도 "창피하지도 않니?" 혹은 "창피한 줄 알아라!" 하고 끊임없이 되풀이되던 주위 사람들의 말이 그녀의 귀에 맴돌고 있었다. 기독교적 분위기가 만연한 이런 시골에서 여자가 독자적 삶을 갖겠다는 생각은 도대체가 시건방진 것이었다. 처음에는 농담조로 표현되었던 거부의 표정들이 수치스러울 정도로 진심이 되어 버렸고 가장 기본적인 감정들마저 빼앗아 버렸다. 기뻐할 때에도 '여자답게 얼굴을 붉혀야' 했다. 왜냐하면 기쁨도 수치스럽게 여겨야 했기 때문이다. 슬플 때에도 사람들은 얼굴이 창백해지기보다는 빨개졌으며 울음을 터뜨리기보다는 진땀을 흘렸다.

도시에서 나의 어머니는 어느 정도 자신에게 맞고 적어도 편안히 느낄 수 있는 삶의 방식을 찾았다고 생각했다. 이제 그녀가 깨달은 것은 모든 다른 가능성을 제외함으로써 다른 사람들의 삶의 방식에도 구원을 주는 단 하나의 삶의 내용이 나타난다는 점이다. 자신에 대해 말할 때 그녀는 사실을 말하지 않았고 누군가가 흘끗 바라보기만 해도 입을 다물어 버렸다. 일하는 동안 조금 들뜬 기분에 춤추는 듯한 스텝을 밟고 히트곡을 따라 흥얼대는 것은 어리석은 짓이었고 그녀 자신도 곧 그렇게 생각하게 되었다. 누군가 맞장구를 쳐 주지 않으면 사람들은 들뜬 기분 속에서도 외톨이라고 느꼈기 때문이다. 다른 사람들은 모범을 보이느라 나름대로 주어진 삶을 살았다. 그들은 보라는 듯이 적게 먹었고, 보라는 듯이 서로의 앞에서 침묵했으며 집에 남아 있는 사람들에게 그들의 죄를 상기시키기 위해 고해성사를 하러 갔다.

그런 식으로 사람들은 지쳐 갔다. 자신을 설명하려는 작은 시도도 쓸데없는 말대꾸에 지나지 않았다. 사람들은 자유롭다고 느꼈다. 그러나 그렇다고 해서 그 사실을 입 밖에 낼 수는 없었다. 다른 사람들도 무뢰배나 마찬가지여서, 힐난하듯 쳐다보면 사람들은 곧 기가 꺾였다.

전쟁이 끝나자 나의 어머니는 남편을 떠올렸고 누가 강요한 것도 아니었지만 다시 베를린으로 갔다. 그 남자는 한때는 내기까지 걸며 그녀에게 구애했던 걸 잊고 다른 여자와 동거 중이었다. 하긴 그땐 전쟁 중이었으니까.

그러나 그녀는 아이를 데려갔고 두 사람은 즐겁진 않았어도 의무감을 따랐다.

그들은 베를린-판콥의 셋방에서 살았다. 남편은 전차 운전사일 때도 술을 마셨고, 전차 조수일 때도 마셨고, 빵집에서 일할 때도 술을 마셔 댔다. 그사이 태어난 둘째 아이를 데리고 고용주에게 가서 아내는 끊임없이 자기 남편에게 다시 한번 기회를 달라고 애걸했다. 세상에 흔하디흔한 이야기지.

이런 비참한 생활 속에서 나의 어머니는 시골 사람답게 두두룩히 올랐던 볼살이 빠졌고 점점 세련된 여인이 되어 갔다. 그녀는 고개를 높이 들고 다녔고 우아한 걸음으로 걷는 법을 익혔다. 그녀는 어떤 옷을 입어도 잘 어울렸다. 그녀는 어깨에 여우털을 두를 필요도 없었다. 남편이 술에서 깬 후 제정신으로 돌아와 그녀에게 엉겨 붙으며 사랑한다고 하면 그녀는 안됐다는 듯한 연민의 미소를 지어 보였다. 그때쯤엔 그녀에게 더 이상 어떤 환상도 남아 있지 않았다.

그들은 자주 외출했고 보기 좋은 한 쌍이었다. 그러나 술에 취하면 그는 개차반이 되었고 그녀는 남편에게 가혹해질 수밖에 없었다. 그러면 그는 그래도 생활비를 벌어들이는 것은 바로 자신인데 그녀가 자신에게 말을 안 한다고 그녀에게 손찌검을 해 댔다.

남편 모르게 그녀는 꼬챙이로 아이 하나를 유산시켰다.

남편은 한동안 부모님과 살았지만 그들은 그를 다시 그녀에게 보냈다. 어린 시절의 추억 몇 가지—그가 가끔 집으로 가져오던 갓 구운 빵, 침침한 방 안을 생기 있게 빛내 주던 검고 기름진 호밀빵, 어머니가 칭찬하던 말들.

이런 추억에는 사람들에 대한 것보다 사물들에 대한 것이 더 많은 법이다. 폐허 한가운데에 있는 텅 빈 거리에서 춤추듯 돌던 팽이, 설탕 숟가락에 담긴 납작 귀리, 러시아 상표가 붙은 양철 대야 안에 고인 회색빛 가래침. 그리고 사람들에 대해서라면 그저 신체의 부분들이 떠오를 뿐이다. 머리칼, 양쪽 뺨, 손가락에 난 우둘투둘한 흉터들. 어릴 때부터 어머니의 집게손가락에는 칼에 벤 흉터가 부풀어 올라 있었다. 그녀와 나란히 걸어갈 때면 난 그 손가락을 꼭 잡고 다녔다.

어쨌든 그녀는 아무것도 되지 못했고, 될 수도 없었다. 그건 너무도 분명한 사실이어서 그녀에게 말할 필요조차 없었다. 그녀는 나이 서른이 안 되었을 때에도 벌써 '그 당시에는'이라고 말하곤 했다. 그때까지도 그녀는 자신의 운명을 받아들이지 않았던 것이다. 하나 이제 생활 형편이 너무도 어려워져 그녀는 처음으로 이성(理性)에 귀 기울이지 않을 수 없었다. 그러나 이성에 귀를 기울였지만 아무것도 이해하지 못했다.

어느새 그녀는 무언가를 곰곰이 생각하기 시작했으며, 될 수 있으면 그렇게 생각한 바에 맞춰 살려고까지 했다. 그래서 "정신 좀 차리게!"라고 하면 그 이성적 반응은 "난 벌써 침착해졌어!"라고 대답했다.

그렇게 그녀는 자신을 나누었고 배울 가치도 없었지만 사람들과 사물들을 나누는 것을 배우기도 했다. 그녀 삶에서 말 상대가 되지 못하는 남편과 또 더더욱 말 상대가 되지 못하는 아이들은 거의 중요하지 않았다. 물건들도 최소한으로 아껴 쓸 수밖에 없었다. 그래서 그녀는 인색했고 알뜰할 수밖에 없었다. 일요일에 신는 신발은 주중에 신어서는 안 되었고, 외출복은 집에 들어오자마자 곧 옷걸이에 걸어 놓아야 했으며 시장바구니는 가지고 놀라는 장난감이 아니었다! 따뜻한 빵은 내일이 되어야 먹을 수 있었다. (나중에는 내가 견진성사 할 때 쓴 시계도 견진성사 후에는 곧 감춰 버렸다.)

어찌해 볼 도리가 없었기 때문에 그녀는 나름대로 삶에 대한 자세를 가다듬었고 그러면서 스스로를 극복하게 되었다. 그녀의 마음은 쉽게 상처를 입었고 그런 마음을 화난 듯 과장된 위엄 뒤에 감추었지만 아주 사소한 일에도 곧 공포에 질린 채 무방비의 얼굴을 내비치곤 했다. 그녀는 아주 쉽게 굴욕감을 느꼈던 것이다.

그녀도 자신의 아버지처럼 자신에게 어떤 것도 허락해서는 안 되는 때가 왔다고 생각했다. 그러면서도 그녀는 부끄러운 듯 웃으며 아이들에게 사탕을 한번 빨아 먹게 해 달라고 간청하곤 했다.

이웃들에게도 인기가 있었던 그녀는 오스트리아인의 사교성과 쾌활함을 지닌 데다 대도시의 사람들처럼 억지 애교를 떨지도 않고, 꾸미지 않는 솔직한 성품이라 칭송을 받았다. 누구도 그녀에 대해 이러쿵저러쿵 흠을 잡을 수 없었다. 슬로베니아어도 말할 수 있기 때문에 러시아인들하고도 그녀는 잘 지냈다. 그럴 때 그녀는 말을 많이 했다. 양쪽 언어에 공통되는 단어로 말할 수 있는 것은 모두 말했던 것이다. 그러면서 그녀는 해방감을 느꼈다.

그러나 그녀는 바람을 피워 보고 싶다는 욕망을 가진 적은 없었다. 끊임없이 훈계를 받아 결국 그녀의 일부가 되어 버린 수치심 때문에 그녀의 가슴은 너무 일찍 굳어 버렸던 것이다. 바람을 피운다는 것을 누군가가 자신에게 '무언가를 원하는 것'으로 생각할 수밖에 없었고, 누구에게서도 무언가를 원하지 않는 그녀로서는 자연히 움츠러들게 되었다. 나중에 그녀가 기꺼이 함께 있곤 했던 남자들은 신사들이었다. 그들과 함께 있을 때 느꼈던 좋은 감정은 그녀에게 유쾌한 느낌을 주는 것으로 충분했다. 그저 얘기할 상대가 옆에 있으면 그녀는 마음이 편안했고 거의 행복하기까지 했다. 그녀는 누구도 자신에게 접근하는 것을 허락하지 않았다. 그러자면 옛날에 자신을 독립된 인간으로 느꼈던 것처럼 신중함이 있어야만 했다. 그러나 그런 신중함은 오직 꿈속에서나 체험했을 뿐이다.

그녀는 성(性)이 없는 존재가 되어 버렸고, 일상의 사소함 속에 자신을 묻어 버렸다.

그녀는 외롭지는 않았으나 스스로를 기껏해야 반쪽일 뿐이라고 느꼈다. 그러나 나머지 반쪽을 채워 줄 사람은 아무도 없었다. "우린 서로를 잘 보완해 주었단다." 그녀는 은행원과 함께한 시절을 회상하며 그렇게 이야기하곤 했다. 그것이 영원한 사랑에 대한 그녀의 이상이었으리라.

전후의 대도시, 옛날과 같은 생활이 이 도시에선 가능하지 않게 되었다. 지름길로 가기 위해 폐허 위를 올라갔다 내려갔다 하면서 배급받으러 달려갔지만, 허공을 쳐다보며 팔꿈치로 저지하는 사람들에게 밀려나 뱀같이 긴 줄의 맨 뒤에나 서 있게 될 뿐이었다. 짧고 불행한 웃음. 다른 사람들과 마찬가지로 허공을 쳐다보고, 동시에 갑자기 어떤 욕구를 느끼고, 한풀 꺾인 자만심과 자기 자신을 드러내 보이려는 노력들. 그래서 방관자들과 자신이 혼동되거나 뒤바뀌게 되는, 다시 말해 무엇인가 거부한 것이 거부를 당하게 되고, 밀었던 것이 밀침을 당하게 되고, 욕했던 것으로부터 욕을 먹게 되는 그런 비참함.

무거운 가슴을 달래어 주었던 백일몽을 꾸고 난 후, 단순한 두려움으로, 소녀다운 놀라움으로 (혹은 여성다운 행동으로), 적어도 지금까지는 간혹 벌어지곤 했던 그녀의 입이 새로운 삶의 여건 속에서 내린 결단에 적응한다는 표시로 과장되어 보일 정도로 꽉 다물어져 있었다. 그러나 그 결단에는 개인적으로 결심할 수 있는 것이 거의 없었기 때문에 그건 그저 허식일 수밖에 없었다.

가면처럼 고정된 것이 아니라 움직이는 가면 같은 얼굴, 주의를 끌게 될까 두려워 다른 지역 사투리에다 낯선 지역 말투까지 흉내 내서 "많이 먹어라!", "거기서 손모가질 치워!", "넌 오늘도 또 엄청 먹는구나!"라고 꾸민 목소리로 말했고, 한 발을 다른 발 앞에 세우고 허리를 비스듬히 틀어 누군가를 흉내 내는 자세를 취했다. 이 모든 것들은 다른 인간이 되기 위해서가 아니라 하나의 타입이 되기 위해서였다. 그것은 전쟁 전의 타입에서 전쟁 후의 타입으로, 시골 처녀에서 도시 여인으로 변화하는 과정이었다. 적절한 말로 표현하자면 크고, 날씬하고, 검은 머리를 한 도시 여자로 말이다.

그런 타입으로 묘사됨으로써 사람들은 자신의 내력에서 해방된 듯 느꼈다. 왜냐하면 이제 에로틱하게 바라보는 어떤 사람의 낯선 시선으로 자기 자신을 바라보았기 때문이다.

그래서 결코 시민적으로 평온해질 가능성이 없었던 정서 생활은 겉으로는 여자들 사이에서 통용되는 모임의 시민적 체계를 서툴게 흉내 냄으로써 안정되어 갔다. 그 체계 속에선 "이러저러한 사람은 내 타입이지만 난 그의 타입이 아니야." 혹은 "난 그의 타입이지만 그는 나의 타입이 아니야." 혹은 "우린 서로 잘 맞아."라거나 "우린 서로 쳐다보는 것도 견딜 수 없어." 라는 말들이나 상투적인 말들이 구속력 있는 규칙들로 간주되었기에 어떤 사람에게 개인적으로 약간 주의를 기울이는 반응조차 모두 이 규칙들에서 벗어난 것이 되었다. 예를 들어 어머니는 아버지에 대해 "사실 그 사람은 내 타입이 아니었다."고 말했다. 사람들은 그런 식으로 이런저런 유형(類型)에 따라 살면서 자신의 마음이 편해지는 객관적 느낌을 가졌으며 자신의 출신이라든지, 비듬이 떨어져 괴롭다든지, 발에 땀이 난다든지 하는 개인적 특성이나 어떻게 살아갈 것인지 등 매일매일 반복되는 문제들 따위는 더 이상 걱정하지 않았다. 하나의 유형에 들어감으로써 개인은 부끄럽게 여겨졌던 외로움과 고독감으로부터 벗어났고 스스로를 망각했으며 비록 잠깐이긴 하지만 때로는 당당하고 떳떳한 존재가 되었다.

일단 하나의 유형에 속하게 되면 사람들은 그 자신으로 되돌아가도록 강요받는다. 그러나 그 때문에 자신을 괴롭히는 모든 것을 물리치고, 걱정 없이 지나칠 수 있는 모든 것을 지나쳐 신속하게 거리를 돌아다녔다. 즉 길게 늘어선 사람들, 슈프레강[14] 위의 높은 다리, 유모차가 진열되어 있는 쇼윈도를 무관심하게 지나쳤던 것이다.(그녀는 또 몰래 아이를 낙태시켰다.) 마음 편안히 있기 위해 쉬지 않았고, 자신으로부터 벗어나기 위해 끊임없이 움직였던 것이다. 모토는 '오늘 난 아무것도 생각하지 않고 그저 즐겁게 지내겠다'는 것이었다.

때로는 그렇게 되기도 했었고, 그러면 모든 개성적인 것이 유형적인 것에 용해되어 버렸다. 그러면 슬픔까지도 단지 유쾌함의 일시적 국면으로 느껴졌다. "버림받은, 버림받은/거리의 돌멩이처럼/그렇게 난 버림받았네." 그녀는 이 부자연스러운 고향 노래에 들어 있는 멜랑콜리한 요소를 쉽게 따라 부르면서 나름대로 모든 사람과 자신을 위해 유쾌하게 불렀다. 그녀의 노래가 끝나면 예를 들어 어떤 남자의 야한 농담이 뒤따랐고 그런 농담이 내뱉어지면 그 외설적인 어투 때문에 모두들 해방감을 느끼며 함께 웃을 수 있었다.

집은 물론 사면이 벽이었고 그 속에서 그녀는 외로움을 느꼈다. 그래도 그런대로 활기차게 움직였다. 콧노래를 부른다든가, 구두를 벗으며 스텝을 밟아 본다든가, 상궤를 벗어나고 싶

---

14) 구동독 동부를 북쪽으로 흘러 베를린을 지나 하벨강으로 흘러드는 강.

은 소망을 아주 잠깐 갖는다든가 하면서 말이다. 그러나 그것도 잠깐, 어느새 이 방에서 저 방으로, 남편에게서 아이에게로, 아이에게서 남편에게로, 이 일에서 저 일로 질질 끌려다녔다.

그녀는 언제나 계산을 틀리게 했다. 집에서는 소시민적인 해결책조차도 그 기능을 다하지 못했다. 왜냐하면 단칸방에다 날마다 하는 빵 걱정, 거의 예외 없이 나타나는 제스처와 억지 표정, 그리고 의사소통이라곤 김빠진 성행위밖에 하지 않는 동거인과의 생활 여건들이 시민적이랄 수 있기 이전의 상태였기 때문이다. 삶에서 무언가를 조금이라도 맛볼 수 있기 위해서는 밖으로 나가야만 했다. 밖에서는 승리자 타입, 안에서는 약한 반쪽, 영원한 패배자였다. 그건 삶이 아니었다!

나중에 그런 생활에 대해 이야기할 때마다—그녀에겐 이야기하고자 하는 욕망이 있었다.—그녀는 구토와 처참한 표정을 지으며 고개를 살레살레 흔들곤 했다. 고개를 가만히 흔들긴 했지만 구토와 처참함을 털어 냈던 것이 아니라 몸서리치듯 다시 느꼈을 뿐이었다.

나의 어린 시절을 되돌아보면 변소에서 들리던 우스꽝스러운 흐느낌, 코 푸는 소리, 토끼처럼 빨간 눈이 생각난다. 그녀는 존재했고 성장해 갔지만 아무것도 되지 못했던 것이다.

(한 특정한 사람에 대해 여기 쓰인 글은 물론 특정적이지 않고 일반적이다. 그러나 어쩌면 단 한 번의 이야기 속에 나오는 유일무이한 주인공인 나의 어머니를 일부러 소홀히 다루

는 그런 일반화라면 내가 아닌 다른 누구도 할 수 있다. 갑자기 마감된 한 파란만장한 삶의 역정을 좇아 그대로 기술만 한다는 것은 정말 부당한 일일 것이다.

이렇게 한 인물을 추상화하고 형식화하는 데 위험한 점은 물론 그 추상화 및 형식화 작업이 독립하려는 경향이 있다는 것이다. 그렇게 되면 정작 이야기되고 있는 그 인물이 잊히고 꿈속의 이미지들처럼 구절들과 문장들이 연쇄 작용을 일으켜 한 개인의 삶이 동기 이상의 어떤 것도 되지 못하는 문학적 의식(儀式)이 된다.

이 두 가지 위험들은——즉, 일어난 것을 그대로 이야기하는 위험과 한 인물이 시적 문장들 속으로 고통 없이 용해되어 버리는 위험——나의 글 쓰는 작업을 더디게 한다. 왜냐하면 문장을 쓸 때마다 나는 평형을 잃을까 봐 두려워하기 때문이다. 이건 물론 어떤 문학적 창작에나 다 해당되는 것이다. 그러나 이 경우에는 특히 그러한데, 그 이유는 사실들이 너무도 압도적이어서 무언가 허구로 생각해 낼 것이 거의 없기 때문이다.

그렇기 때문에 나는 처음에는 사실들을 출발점으로 삼았고, 그다음에 그 사실들을 서술하는 형식들을 모색했다. 그런데 서술 형식들을 찾는 동안 어느 틈에 내가 사실로부터 멀어져 있다는 것을 곧 깨달았다. 그래서 나는 사실이 아니라 이미 써 오던 서술 형식들, 즉 인간의 사회적 경험 속에 들어 있는 언어군을 출발점으로 삼는 새로운 접근 방법을 택했다. 그러고서 나는 이 서술 형식들에 들어맞는 사건들을 나의 어머니의 삶에서 추려 냈다. 왜냐하면 이미 통용되는 대중의 언어를 가지고서 그녀의 삶에서 일어난 모든 사소한 사건들 중에서 이야기할 필요가 있는 몇 가지 사실을 골라내는 것이 가능하리라고 여겨졌기 때문이다.

따라서 나는 문장마다 여자의 전기에 흔히 쓰이는 보편화된 형식들과 나의 어머니가 살았던 삶의 특수성을 비교했다. 결국 그 둘을 비교했을 때 일치되는 것과 상치되는 것으로부터 실질적으로 글 쓰는 작업이 따라 나오게 된다. 중요한 것은 내가 단순히 인용문들을 베껴 쓰지 않는다는 것이다. 인용된 듯 보이는 문장들일지라도 그 문장들이 적어도 내게는 특별한 사람에 대한 것이라는 사실을 한순간이라도 잊어서는 안 된다. 내가 보기에 개인적이고 사사로운 동기를 지닌 문장들이 아주 확고하고도 신중하게 중심에 있을 때에만 그 문장들은 쓸모 있게 여겨진다.

이 이야기에는 또 하나의 특징이 있다. 즉, 여느 때에는 문장을 쓸 때마다 묘사되는 인물들의 내적 생활에 개입하곤 했는데 이번엔 그러지 않았다. 끝에 가서 해방되고 유쾌한 축제 분위기를 띄우며 그 인물들이 마치 포낭에 싸인 곤충들처럼 외부에서 관찰하지 않고, 언제나 그랬던 것처럼 내가 어떤 문장으로도 완벽히 묘사할 수 없는 누군가에 대해 진지하게 쓰려고 했다. 그러다 보니 나는 끊임없이 새로 쓰기 시작해야 했지만 누구나 볼 수 있는 뚜렷한 조감도에는 도달하지 못했다.

다른 때 같으면 글을 시작할 때는 나 자신과 나의 주변 이야기들로부터 써 나가다가 점차 나 자신을 분리시켜 결국에는 나와 내 주변 이야기들을 술술 진행하고서는 저작물과 상품이 되게 한다. 그러나 이번에는 내가 단지 묘사하는 사람일 뿐 묘사되는 사람의 역할을 맡을 수 없기 때문에 그 정도로 거리를 둘 수가 없었다. 나는 단지 자신으로부터 거리를 둘 수밖에 없었다. 나 자신에 대해 쓸 때는 감흥에 넘치는, 날개 달린 듯이 밝은 허구적 인물이 되기도 했다면 내 어머니의 경우에는 그렇게 되기도 하고 되지 않기도 한다. 이 허구적 인물은 포착할 수 없고 붙잡을 수 없는 상태로 머물러 있으며 문장들은 어떤 어둠 속으로 빠져 버린 채 원고지 위에 뒤죽박죽 나열되고 만다.

이런저런 이야기에서 우리는 '이름 붙일 수 없는 어떤 것' 혹은 '묘사될 수 없는 어떤 것'이란 말을 흔히 읽는다. 대개의 경우 나는 그런 것을 말도 안 되는 변명으로 간주한다. 그런데 이 이야기는 정말이지 명명할 수 없는 것, 말로 형언할 수 없는 공포의 순간들에 대한 이야기이다. 이 이야기는 공포로 의식이 멈칫하는 순간들에 관한 것이고, 너무도 찰나적이어서 언제나 늦게야 말이 나오고야 마는 경악스러운 상황들에 관한 것이며, 너무도 끔찍해서 사람들이 마치 벌레처럼 자연발생적으로 의식 속에서 감지하게 되는 꿈속의 사건들에 관한 것이다. 숨이 멎고, 온몸이 경직되고, '얼음같이 찬 기운이 내 등짝을 기어오르고, 머리칼이 곤두서는' 이야기, 가령 귀신 이야기를 듣거나 수도꼭지를 틀었다가 곧 다시 잠글 때, 혹은 저녁에 맥주병을 한 손에 들고 거리에 있을 때 경험했던 상태에 대한 이야기다. 이런저런 해피 엔딩이 있는 완전한 이야기가 아닌, 그저 상태들의 기록일 뿐이다.

나의 어머니의 이야기는 기껏해야 꿈속에서나 아주 잠깐 포착된다. 왜냐하면 꿈속에서는 그녀의 감정들이 확실히 실체를 띠기 때문에 나는 2인자로서 그것들을 체험하고 그것들에 나를 동일시할 수 있기 때문이다. 그러나 그것이야말로 이미 언급했듯이 전달하고자 하는 절박한 욕망과 말문이 완전히 막히는 것이 딱 일치하는 바로 그런 순간들인 것이다. 그렇기 때문에 사람들은 '그 당시에는―나중에는', '왜냐하면―그럼에도 불구하고', '그랬고―되었고―아무것도 되지 못했다'고 쓰면서, 흔히 쓰는 전기(傳記) 형식에 제대로 맞춰 썼다고 생각하며 그럼으로써 공포가 극복되기를 바란다. 어쩌면 그것이 나의 이야기에서 우스꽝스러운 점이리라.)

1948년 초여름, 어머니는 남편과 함께 두 아이들을 데리고——한 살짜리 계집아이는 장바구니에 담아서——여행 허가증도 없이 동독의 점령 지역을 탈출했다. 그들은 동틀 녘에 경계선 두 개를 몰래 넘었다. 한번은 경계 초소를 지키는 러시아 병사들이 멈추라고 소리를 질렀으나 어머니는 슬로베니아 말로 암호에 답했다. 그 당시 아이는 동트는 새벽, 숨죽인 소리와 위험, 이 셋이 일치되는 것을 느꼈다. 기차를 타고 오스트리아를 통과할 때는 기쁨에 찬 흥분도 느꼈다. 그녀는 다시 고향 집에서 살게 되었고 그녀와 가족들은 두 개의 작은 방에서 기거하게 되었다. 그녀의 남편은 목수 일을 책임지고 있는 처남의 십장이 되었고 그녀는 전과 같이 다시 대가족의 일원이 되었다.

그녀는 도시에서 그랬던 것과는 달리 그곳에선 자식이 있다는 것을 자랑스럽게 여겼고 아이들을 데리고 사람들 앞에 나타나기도 했다. 그녀는 누구도 자기에 대해 이러쿵저러쿵 말하게 내버려두지 않았다. 전에는 기껏해야 은근히 자신을 뽐냈지만 이제는 다른 사람들을 거리낌 없이 비웃었다. 그녀는 누구라도 그렇게 비웃을 수 있었기 때문에 상대방은 곧 잠잠해져 버렸다. 특히 그녀의 남편은 자신이 세운 많은 계획들에 대해 이야기할 때마다 그녀가 너무도 신랄하게 비웃어 댔기 때문에 이내 말을 더듬거리다가는 말문이 막혀 창밖만 멍하니 바라다보곤 했다. 물론 다음 날이면 그는 또다시 그런 이야기를 시작하곤 했다.(어머니의 비웃음 소리가 떠올라 당시의 시간이 다시금 생생해진다!) 그녀는 아이들이 무언가를 소망할 때에도 비웃음으로써 그들의 입을 막아 버렸다. 왜냐하면 소망하는 것들을 진지하게 입 밖에 낸다는 것은 웃기는 일이었기 때문이다. 그사이 그녀는 세 번째 아이를 낳았다.

비록 장난 삼아 그러기는 했지만 그녀는 다시 고향의 사투리를 썼다. 외국 경험이 있는 여자. 어느새 옛날 그녀의 여자 친구들도 거의 다시 고향으로 돌아와 살았다. 그들은 아주 잠깐 도시로, 또는 국경을 넘어 가출했던 것이었다.

집안일이나 하면서 겨우 생계를 꾸려 나가는 생활 형식에서 우정이란 기껏해야 서로 친숙한 것을 의미했을 뿐 남에게 속마음을 털어놓는 걸 의미하지는 않았다. 모두들 똑같은 걱정거리를 갖고 있다는 게 말하지 않아도 분명했다. 어떤 사람

은 그 걱정거리를 좀 더 쉽게, 또 어떤 사람은 좀 더 어렵게 여
긴다는 것이 유일한 차이였을 뿐, 그건 모두 기질의 문제였다.

이런 계층에서 전혀 걱정거리가 없는 사람은 기이해 보였
고 망상가로 보였다. 주정뱅이들도 말을 많이 하지 않았고 그
저 점점 더 과묵해지다가는 때로 떠들기도 하고 소동을 부리
기도 했으나 다시금 의기소침해졌고 술집의 폐점 시간쯤 되면
이유도 없이 흐느끼기 시작했으며 옆 사람을 껴안거나 두들겨
패곤 했다.

자기 자신에 대해 이야기할 거리는 아무것도 없었다. 적어
도 일 년에 한 번쯤 교회에서 자기 자신에 대해 이야기할 수
있었던 부활절 고해성사에서도 교리문답의 구절들이나 중얼
댔을 뿐이고, 그 구절들에 나오는 '나'라는 단어는 말하는 사
람 자신에게도 달[月]의 한 부분을 말하는 것보다 더 낯설게
들렸다. 자기 자신에 대해 말할 때도 단순하고 우스꽝스럽게
이야기하지 않으면 그 사람은 '괴짜'라는 소리를 들었다. 무언
가 독자적인 것으로 나아간 적이 있다고 해 봐야 개인의 운명
은 물론 꿈의 편린까지도 철저하게 비개성화되었고 종교와 관
습, 그리고 미풍양속 의식(儀式)들 속에 녹아들어 버렸다. 결
국 개인에게서 인간적인 것은 거의 남아 있지 않았고 '개성'이
란 그저 욕설로나 알려져 있었다.

고통의 로사리오,[15] 영광의 로사리오, 추수감사제, 국민투
표 축제, 춤출 때 여자 쪽의 파트너 선택, 친목회의 술자리, 만

---

15) Rosenkranz. 가톨릭 교회의 기도 형식.

우절, 상가집에서 밤을 새우는 것, 송년일의 키스──사사로운 걱정, 무언가 이야기를 전하고 싶다는 갈증, 무언가 하고 싶은 욕망, 단 한 번뿐이라는 느낌, 먼 곳에 대한 동경, 성적 충동 등등 머릿속의 생각들이 어느 것 할 것 없이 역할이 뒤바뀐 듯한 전도된 세계와 함께 이런 의식 속으로 녹아들어 버렸다. 결국 누구에게도 자기 자신이란 전혀 문제가 되지 않았다.

자유 의지에 따라 사는 것, 가령 평일에 산보를 간다든지, 두 번째로 사랑에 빠진다든지, 여자가 혼자 술집에서 과일주를 마신다든지 하는 등의 일은 말할 것도 없이 괴물이나 하는 짓이었다. 사람들은 기껏해야 노래를 같이 하자거나 춤을 추자고 요청할 때나 '자유 의지로' 할 뿐이었다. 자기 자신의 내력과 감정을 속이기 위해 사람들은 말[馬]과 같은 가축들에 관해 말할 때처럼 시간이 지나면서 '서먹해지기' 시작했다. 사람들은 숫기가 없어졌고 거의 말을 하지 않거나 약간 정신이 돌아 버려 집 안 여기저기에서 고래고래 소리를 질러 댔다.

그러므로 이미 언급된 의식(儀式)에는 위안의 기능이 있다. 이 위안은 어떤 한 사람에게만 해당되는 것이 아니라 사람들이 그 속으로 소멸되는 것이었다. 결국 사람들은 자신이 개인으로서는 아무것도 아니라는 것에, 어쨌든 전혀 특별한 존재가 아니라는 것에 동의했던 것이다.

결국 사람들은 개인적 문제에 대해 이야기하는 것을 전혀 기대하지 않았다. 왜냐하면 무언가를 알고 싶다는 욕구를 조금도 갖지 않았기 때문이다. 질문들은 모두 공허한 말이 되어 버렸고 대답 또한 너무도 상투적이어서 거기에 인간이 포함될 필요는 없었고 사물로도 족했다. 안락한 무덤, 귀여운 예수님, 상냥하고 고통에 찬 성모 마리아 상(像)은 각자가 일상적으로 겪는 궁핍을 달래 주는, 죽음에 대한 동경을 대신하는 물신(物神)으로 미화되었다. 이렇게 위안을 주는 물신 앞에서 사람들은 죽어 갔다. 그리고 매일 항상 똑같은 사물들과 씨름하는 가운데 이런 물신들은 사람들에게 신성한 것이 되었다. 무위도식이 아니라 노동이 달콤한 것이었다. 하긴 다른 도리도 없었다.

사람들은 어떤 것에도 눈을 돌리지 않았다. '호기심'이란 존재의 특징이 아니라 아녀자들의 악덕이었다.

그러나 나의 어머니는 천성적으로 호기심이 많았고 그녀에겐 위안을 주는 어떤 물신도 없었다. 그녀는 몰두하지 않고 건성으로 일했으며 몹시 불만에 싸여 갔다. 가톨릭에서 말하는 현세의 고통을 그녀는 알은체하지 않았다. 그녀는 오직 이 현세에서의 행복만을 믿었다. 그러나 그 행복이란 것도 우연한 것이긴 했다. 그녀 자신은 우연히도 운이 나빴던 것이다.

그녀는 그것을 사람들에게 보일 수도 있었을 텐데!

하지만 어떻게?

그녀는 진짜 기꺼이 경솔해 보일 수도 있었다! 그리고 그녀는 정말 경솔한 적도 있었다. "오늘 난 경솔하게 블라우스를 샀단다." 어쨌든 그런 행위는 그녀가 처한 환경에선 사실 지나친 것이었다. 그녀는 담배를 피우기 시작했고 심지어는 사람들이 있는 곳에서도 피웠다.

그 마을의 많은 여자들은 몰래 술을 마셨다. 그들의 두껍고 삐쭈룩한 입술은 그녀를 다가가지 못하게 했다. 그렇게 함으로써 술을 마신다는 것을 누구에게도 내색하지 않을 수 있었다. 그녀는 기껏해야 기분이 유쾌해질 정도로 마셨고, 그러면 누군가와 친근하게 술을 마셨다. 이런 방식으로 그녀는 곧바로 젊은 유지들과 너나들이하는 사이가 되었다. 그 작은 마을에서도 좀 더 나은 사람들로 구성된 사회라는 것이 있었고 그곳에서 그녀는 인기가 있었다. 그녀는 가장무도회에서 로마 여인으로 분장해 일등 상을 받은 적도 있었다. 적어도 시골 사회에서 즐기는 데에는 깔끔하고, 명랑하고, 쾌활한 사람이면 어떤 계층에 속해 있느냐는 상관이 없었다.

집에서 그녀는 '엄마'였다. 남편도 그녀의 이름을 부르기보다는 그렇게 부르는 때가 더 많았다. 그녀는 그러도록 놔두었고 그 명칭은 그녀와 남편의 관계를 잘 나타냈다. 그녀에게 그는 결코 사랑스러운 남편인 적이 없었으니 말이다.

이제 저축을 하는 것은 그녀였다. 물론 그녀가 하는 저축이란 그녀의 아버지처럼 돈을 모으는 것이 아니라 그야말로 궁색을 떠는 짓일 뿐이었다. 필요한 것을 참다 보니 그것이 곧 악덕이 되었지만 필요한 것은 더욱더 억눌러졌다.

이렇게 궁핍하게 살면서도 사람들은 적어도 겉으로는 시민적인 생활 양식을 모방하면서 스스로를 달랬다. 우스꽝스럽게도 물건들을 살 때면 꼭 필요한 것, 그저 유익한 것, 사치스러운 것으로 분류하는 것은 여전했다.

꼭 필요한 것은 먹을거리였고, 유익한 것은 겨울의 땔감이었으며 그 외의 다른 모든 것은 사치품이었다.

비록 일주일에 한 번이 될까 말까 했지만 그래도 한두 가지 살 정도로 여유가 생기면 보잘것없지만 '그래도 우린 남들보단 낫다.'라는 식으로 자랑스러운 삶의 느낌을 갖는 데 도움을 주었다.

그래도 사람들은 몇 가지 사치스러움을 즐겼다. 영화관에서 제9열[16]에 앉는다든가, 영화가 끝난 후 소다수를 탄 포도주를 마신다든가, 다음 날 아침 아이들에게 주려고 벤스도르프 초콜릿 한 판을 1실링이나 2실링을 주고 산다든가, 일 년에 한 번 달걀술을 집에서 담근다든가, 때때로 겨울에 일요일이 되면 일주일 내내 모은 우유를 그릇에 담아 이중창 사이에 놓아두어 발효시킨 거품 크림을 즐긴다든가 하는 등이었다. 만일 이 글이 나 자신의 이야기라면 '그건 축제였다!'라고 난 쓸 것이다. 그러나 그건 도달할 수 없는 삶의 방식을 노예처럼 모방했던 것이었고, 다른 한편으론 이 땅의 파라다이스를 즐기는 아이들 놀이였을 뿐이었다.

크리스마스에는 어차피 필요한 것들이 선물이랍시고 꾸려졌다. 사람들은 속옷, 스타킹, 손수건 따위의 일용품으로 서로를 놀라게 하면서 "바로 그런 걸 갖고 싶었다!"고 말했다. 이렇게 먹는 것을 제외하고는 주어지는 거의 모든 것을 선물인 것처럼 대했던 것이다. 예를 들면 나도 꼭 필요한 학용품을 받고서는 진심으로 고마워했고 그것들이 선물이라도 되는 듯 침

---

16) 작은 영화관의 맨 뒷줄로, 다른 열보다 약간 비싸다.

대 곁에 펼쳐 놓았다.

생활은 그녀가 남편에게 맞춰 짜 놓은 한 달치 시간표대로 꾸려졌다. 늘상 삼십 분 정도의 여유를 열망했으며 임금이 지불되지 않기에 비 오는 날을 두려워하는 궁색스러움에서 벗어나지 못했다. 비가 와서 쉬는 날이면 남편은 그 작은 방에서 그녀 옆에 앉아 잔소리를 해 대거나 감정이 상해 창밖을 내다보거나 했다.

겨울이 되어 건축 일이 없으면 실업 보조금이 지급되었지만 그녀의 남편은 그것으로 술을 마셨다. 그녀는 그를 찾아 이 술집 저 술집을 뒤지고 다녔고 그럴 때면 그는 고소하다는 듯 악의에 가득 찬 채 그녀에게 남은 돈을 내보이곤 했다. 그에게 두들겨 맞지 않으려고 그녀는 몸을 피했다. 그녀는 더 이상 그와 말하지 않았고 말없이 겁에 질린 아이들이 후회하고 있는 아버지에게 매달리는 것을 밀쳐 냈다. 마녀! 너무도 매정하게 구는 어머니를 아이들은 적대감에 차서 바라보았다. 부모가 외출하고 없을 때면 아이들은 두근거리는 가슴을 안고 잠을 잤으며 아침 녘에 남편이 아내를 방으로 밀어넣으면 이불을 머리 꼭대기까지 뒤집어썼다. 발을 디딜 때마다 그녀는 멈춰 섰으나 이내 그가 어머니를 방으로 밀어넣었다. 두 사람 다 집요하게 입을 다물고 있다가 드디어 그녀가 입을 열어 "짐승 같은 놈! 짐승 같은 놈!" 하면서 그가 기다리고 있었던 말을 하면 그 말 때문에라도 그는 그녀를 제대로 팰 수 있었다. 어머니는 얻어맞을 때마다 잠깐씩 그를 비웃었다

그들은 서로 쳐다보지도 않았다. 그러나 이 노골적인 적대

감이 표출되는 순간, 그는 아래에서 위로, 그녀는 위에서 아래로 상대방의 눈을 집요하게 응시했다. 이불 속에 있는 아이들은 그저 밀치는 소리, 씩씩대는 소리, 때로는 찬장 속의 그릇이 깨지는 소리를 들었다. 다음 날 아침이면 남편은 침대에 기절한 듯 누워 있었고 아내는 잠자는 척하며 눈을 감고 있었으며 그러는 동안 아이들은 몸소 아침 준비를 했다. (이와 같은 묘사 방식은 다른 곳에서 사용된 것을 베껴 쓴 것처럼 보일 것이 틀림없다. 이 이야기는 일어난 시대와는 상관 없이 교환 가능한 구태의연한 이야기일지도 모른다. 간단히 말해 이 묘사 방식에는 '19세기'적인 냄새가 난다. 그러나 바로 그 점이 필수적인 듯 보인다. 왜냐하면 시대가 아무리 변했을지라도 이미 말한 그런 경제적 상황에서는 시대착오적이고 교환 가능한 19세기식 사건들이 여전히 일어나고 있었기 때문이다. 오늘날에도 여전히 구청의 검은 게시판에는 술집에서 하지 말아야 할 금지 사항이 게시되고 있다.)

그녀는 결코 보따리를 싸지 않았다. 그사이 그녀는 자신이 있어야 할 곳을 알았던 것이다. '난 그저 아이들이 클 때까지 기다리고 있는 거야.' 세 번째 유산. 이번에는 하혈이 심했다. 마흔 살이 되기 직전 그녀는 또 한 번 임신을 했다. 낙태를 더 이상 할 수가 없어 아이가 태어났다.

'가난'이라는 단어는 아름답고 왠지 고귀한 단어 같았다. 그 단어를 보면 마치 옛 교과서에서 풍기는 이미지들, 즉 가난하지만 청결하다는 이미지들이 떠올랐다. 가난한 사람들은 청결했기 때문에 사회적으로 용납될 수 있었다. 사회적 진보는 청결 교육에 있었다. 빈곤한 사람들이 일단 청결해지면 '가난'이라는 것은 명예 훈장이 되었던 것이다. 심지어는 궁핍한 사람들의 눈에도 궁핍에서 오는 불결함은 다른 나라에 사는 하층민들에게나 해당되는 것이었다.

"창문은 그 집에 사는 사람의 명함이다."

그래서 무산자들은 당국에서 환경 개선을 하라고 준 돈을 꼬박꼬박 자신들의 집을 깨끗이 하는 데 썼다. 비참한 상황에서 그들은 역겹지만 바로 그 때문에 구체적으로 체험 가능한 모습으로 사회 통념들을 교란시켰다면, 이제는 개선되고 깨끗해진 '가난한 계층'으로서 그들의 삶은 상상할 수 없을 정도로 추상적이어서 예전에 비참했던 모습을 잊어버릴 수 있었다. 궁핍에서 오는 비참함은 구체적인 말로 묘사될 수 있지만 가난은 그저 상징일 뿐이었다.

더군다나 궁핍에 대한 구체적인 묘사들 역시 궁핍의 아주 혐오스러운 측면만을 겨냥해서 묘사될 뿐이었다. 그런 묘사들은 그 속에 들어 있는 향락적인 태도 때문에 그야말로 혐오감을 일으켰다. 그런 류의 혐오감은 행동으로 바뀌는 것이 아니라 단지 똥을 먹었던 항문기(肛門期)를 상기시킬 뿐이었다.

예를 들면 어떤 가정에서는 단 하나밖에 없는 양재기가 밤에는 요강으로 쓰였다가 다음 날에는 밀가루를 반죽하는 그릇으로 사용되는 경우도 있었다. 물론 그 그릇을 먼저 끓는 물로 씻어 냈기 때문에 사실 별로 해가 될 건 없었다. 그러나 이렇게 양재기를 이중으로 사용하는 것을 묘사하면 그만 혐오감을 느끼게 되었다. "그들은 음식을 하는 그릇에 용변을 본다."—"으윽!" 단어들이란 그 단어들이 지시하는 사물들을 그냥 보는 것보다 소극적이긴 하지만 훨씬 더 그에 따른 혐오감을 전달한다.(모닝 코트에 묻은 달걀 노른자 얼룩에 대해 묘사할 때 소름이 끼쳤던 나 자신의 기억을 떠올려 보면…….) 청결하긴 하지만 변함없이 비참하기만 한 가난에 대해서는 묘사할 길이 아무것도 없기 때문에 난 궁핍함을 묘사하기 싫어한다.

그러므로 '가난'이란 단어를 보면 나는 항상 '옛날에 그랬었지.'라고 생각한다. 그리고 그 말은 대개 과거에 가난을 극복한 사람들의 입에서 어린 시절과 관련된 말로 쓰이는 것이다. 즉, "나는 가난했어."가 아니라 "나는 가난한 사람의 자식이었지."(모리스 슈발리에)라고 말하는 것이다. 그건 자서전에 풍미를 더하는 애교 있는 설명이다. 그러나 어머니의 삶의 조건들에 대해 생각할 때 난 내 추억을 윤색할 수가 없다. 애초부터 무엇보다도 형식만은 지켜야 한다는 강박관념이 있었다. 학교에 다닐 때부터 선생들이 여자 아이들에게 가장 중요하다고 한 과목은 '글쓰기의 외적 형식'이라는 것을 시골 학생들은 다 알고 있었다. 나중에도 이것이 지속되어 단합된 가족의 모양새를 지키는 것이 여자의 과제였다. 기분 좋은 가난이 아니라 형식적으로 완성된 궁핍. 얼굴의 모양새를 유지하려고 매일 노력을 하다 보니 그 얼굴은 점차 혼을 잃어 갔다.

사람들이 형식 없는 궁핍에 더 편안함을 느꼈더라면 아마 최소의 프롤레타리아적 자의식에라도 도달했을 것이다. 그러나 그 지역에 프롤레타리아는 한 명도 없었다. 있다고 해 봐야

기껏 누더기를 걸친 날품팔이꾼이었다. 거드름을 피우는 사람도 없었다. 완전히 폭삭 망한 사람들은 창피해했을 뿐이었다. 가난은 그야말로 치욕이었다.

그럼에도 불구하고 나의 어머니는 이런 모든 것을 당연한 것으로 여기지 않았기에 그 끝없는 강요도 그녀를 굴복시킬 수 없었다. 상징적으로 말해 본다면 그녀는 하얀 얼굴을 한번도 한 적이 없는 원주민에 속하는 것은 아니었다. 그녀는 평생토록 집안일만 하는 삶이 아니라 다른 삶도 상상할 수 있는 입장이었다. 만일 누군가가 조금이라도 힌트를 주었더라면 그녀는 제대로 그 생각에 도달했을 것이다.

모든 것은 '가졌더라면', '이었더라면', '되었더라면'과 같이 가정(假定)이었다.

실제로 일어난 것은…… 인간이란 소도구가 나오는 자연의 대장관이었다. 인간이란 소도구는 그것이 진행되는 동안 체계적으로 비인간화되어 갔다. 알코올 중독에 걸린 남편을 해고하지 말아 달라고 오빠에게 번번이 부탁하기, 라디오를 신고하지 않았다는 사실을 고발하지 말아 달라고 지방의 라디오 감시원에게 부탁하기, 당당한 시민으로서 그럴 자격이 있다고 항의하며 집 건축을 위한 대부금을 달라고 은행에 간청하기, 무산자 증명서를 떼기 위해 이 관청에서 저 관청으로 쫓아다니기 등. 그사이 대학에 가게 된 아들이 장학금을 얻으려면 그 증명서를 해마다 갱신해야 했다. 의료보험과 양육 보조금 및 교회세 할인 신청 등 대부분이 당국의 판단에 달려 있었지만 법률상 권한을 가지고 있다 해도 계속해서 증명서를 떼야만 했고 결국 인정을 받게 되면 사람들은 그것을 자비의 증거로 여기고 고맙게 받아들였다.

집 안에 전기 제품은 하나도 없었고 모든 일을 여전히 손으로 해야 했다. 지난 세기의 물건들은 대부분의 사람들의 의식 속에서 추억의 물건으로 미화되었다. 결국 좋아하는 장난감이 되어 버린 수동식 원두 분쇄기뿐만이 아니었다. 쓰기 편한 옛날 빨래판, 쾌적한 난로, 여기저기 땜질을 한 희한한 모양의 요리 냄비, 위험스러운 부젓가락, 양쪽에 튼튼하게 생긴 사다리 모양의 틀이 있는 건초마차, 잘 들게 생긴 잡초 베는 낫, 일년에 한 번 투박하게 생긴 칼갈이가 거의 반대쪽의 뭉툭한 데까지 날을 세워 놓아 번쩍번쩍하는 칼, 익살맞게 생긴 골무, 거칠게 생긴 버섯 모양의 뜨개질 받침, 달구기 위해 자꾸 아궁이 위에 올려놓게 되어 있는 덜커덩거리는 다리미, 그리고 마지막으로 손과 발로 움직이게 되어 있는 그 좋은 '징거' 미싱 등 이 모든 것들은 열거하는 것만으로도 정겨운 것들이었다.

그러나 또한 다르게 열거한다 해도 마찬가지로 목가적일 것이다. 등짝이 저려 오는 통증, 펼쳐 널 때마다 뻐드득뻐드득 소리를 내는 빨래들처럼 빨래를 삶을 때는 데었다가 빨랫줄에서는 발갛게 어는 양손! 몸을 구부렸다 펼 때마다 터지곤 하던 코피, 모든 일을 빨리 하겠다고 서두르다 보니 옷 뒤에 피를 묻힌 것도 까맣게 잊은 채 시장을 보러 가는 여인네들, 아프다고 끊임없이 탄식하는 작은 상처들. 결국 여자이기 때문에 이 모든 것을 참아야 했다. 여자들 사이에선 "어떠세요?"

가 아니라 "이젠 좀 나아지셨어요?"가 인사였다.

이런 것쯤은 누구나 다 안다. 그건 아무것도 증명하지 않는다. 장점과 단점을 증명하는 힘은 삶에서 통용되는 최악의 원칙에 의해 없어져 버리는 것이다. '모든 게 다 나름대로 장단점이 있는 법이다.' 그렇게 생각하다 보면 참을 수 없는 것도 참을 수 있는 것이 되고 단점은 다시금 다름 아닌 모든 장점의 필수 불가결한 특질이 되는 것이다.

장점이란 것도 대개의 경우 그저 단점이 없는 것에 불과했다. 그 단점들이란 무소동, 무책임, 낯선 자를 위해서는 일하지 않기, 집과 아이들로부터 떨어지지 않고 매일 붙어 있는 것 등이었다. 그래서 이런 요소들이 사라진다면 실제로 단점이란 것도 상쇄되었다.

그러므로 사실 모든 것이 그렇게 나쁜 것만도 아니었다. 사람들은 즐기듯이 그런 것을 참아 낼 수도 있었다. 잠자면서 말이다. 단지 어느 것에도 끝이 있을 성싶지 않았다.

오늘이 어제였고, 어제의 모든 것이 예전대로였다. 하루를 잘 보내면 일주일이 지났고 근사한 새해가 왔다. 내일 먹을 건 뭐가 있지? 우편배달부는 벌써 왔었니? 넌 하루 종일 집에서 무얼 했니?

식탁을 차리고, 치우고, "모두들 다 잘 먹었나?" 커튼을 열고, 커튼을 닫고. 불을 켜고, 불을 끄고. "너희들 욕실에 그렇게 불 켜 놓으면 안 된다!" 펼치고, 접고. 비우고, 채우고. 플러그를 꽂고, 플러그를 빼고. "자, 이걸로 오늘도 끝났구나."

최초의 가전 기구는 전기 다리미. 사람들이 '늘 소망했던'

기적의 물건. 자기는 그런 가전 기구를 쓸 자격이 없다는 듯한 당혹감. '내 주제에 무슨 그런 걸? 그렇지만 이제부터 난 다림질할 때마다 즐거울 거야! 어쩌면 나 자신을 위해 좀 더 많은 시간을 가질 수 있지 않을까?'

믹서, 전기 난로, 냉장고, 세탁기를 쓰면서부터 점점 많아지는 자신을 위한 시간. 그러나 사람들은 일을 해 주는 마술 요정과 좋은 물건이 나타나기 전에 오랫동안 있어 왔던 자신들의 생활 방식에 어지러움을 느끼며 새로운 물건들 주위에 뻣뻣하게 서 있었다. 그들은 자신이 받은 느낌들을 잘 다스려야 했다. 말이 헛나갈 때만 그런 느낌들이 표현되긴 했지만 그럴 때는 곧 그걸 얼버무리느라 최선을 다했다. 전에는 온몸에 생기가 가득했는데 이제는 그저 가끔 그럴 뿐이었다. 무겁고 굼뜬 손에 달린 손가락 한 개가 떨리면 즉시 다른 손으로 그 손을 덮어서 감추었다.

그러나 나의 어머니는 영원히 위축되고 존재가 없는 그런 사람이 되지는 않았다. 그녀가 자기 주장을 하기 시작했던 것이다. 더 이상 뼈 빠지게 일하지 않아도 되었기 때문에 그녀는 점차 자신을 되찾아 갔다. 그녀는 수선스러움도 극복했고 어느 정도 편안하게 느끼고 있다는 듯한 얼굴을 사람들에게 보여 주었다.

그녀는 신문을 읽었다. 그러나 그보다는 책을 더 좋아했는데 거기에 나오는 이야기를 자신의 삶의 여정과 비교할 수 있었기 때문이다. 그녀는 나와 함께 책을 읽었다. 처음에는 팔라다,[17] 크누트 함순,[18] 도스토옙스키, 막심 고리키를 읽었고 그 다음엔 토머스 울프와 윌리엄 포크너를 읽었다. 그녀는 자신이 읽은 책들에 대해 어느 매체에 발표할 정도로 이야기하지는 못했지만 특별히 마음에 들었던 책에 대해서는 곧잘 설명했다. 그녀는 그 작가들이 마치 자신의 이야기를 썼다는 듯이 "근데 난 그렇진 않아."라고 가끔 말하곤 했다. 그녀는 모든 책이 자신의 삶을 묘사한 것이라고 생각하면서 읽었고 독서를 하면서 생기를 얻었다. 독서를 함으로써 그녀는 처음으로 자신을 감싼 껍데기로부터 벗어났고 자기 자신에 대해 이야기하는 법을 배웠다. 책을 읽을 때마다 그녀는 더욱더 많은 생각을 떠올렸다. 그래서 나도 점차 그녀에 대해 어느 정도 알게 되었다.

지금까지 그녀는 자기 자신에 대해 다소 신경질적이었다. 자신이 존재한다는 것 자체가 그녀를 짜증 나게 했다. 이제 그녀는 독서하고 토론하는 데 열중했다가 돌연 새로운 자의식을 갖게 되었다. "책을 읽고 대화도 하니까 난 다시 한번 젊어지는 것 같구나."

물론 그녀는 책에 나오는 내용을 과거의 이야기로 읽었을 뿐이었고 결코 미래를 향한 꿈으로 읽지는 않았다. 그녀는 책 속에서 자기가 놓아 버렸고 이제는 결코 만회할 수 없는 것들을 발견했다. 그녀는 일찌감치 미래에 대한 어떤 생각도 머릿

---

17) 한스 팔라다(Hans Fallada, 1893~1947). 독일 작가.
18) Knut Hamsun(1859~1952). 노르웨이 시인.

속에서 지워 버렸던 것이다. 그러다 보니 제2의 청춘이란 자기가 과거에 경험했던 것을 미화하는 것에 지나지 않았다.

문학은 그녀에게 자신에 대해 생각하도록 가르쳐준 것이 아니라 그런 생각을 하기에는 이제 너무 늦었다는 것을 보여주었다. 그녀도 어떤 역할을 할 수도 있었을 텐데. 이제 그녀는 적어도 한번쯤 자신에 대해 생각했고 때때로 시장을 오가는 길에 커피 한 잔 정도 마시는 것을 허용했으며 사람들이 그것에 대해 무어라고 하든 별로 개의치 않았다.

그녀는 남편에게 관대해졌고 그가 변명을 늘어놓아도 그대로 놔두었다. 심하게 고개를 흔들어 첫마디부터 남편의 말을 잘라 버려 그가 말을 꿀걱 삼키게 하는 짓은 더 이상 하지 않았다. 그녀는 그에게 연민을 느꼈고 그 순수한 연민 때문에 종종 아주 무기력해졌다. 자신이 겪은 과거의 절망감을 아주 뚜렷하게 보여 주는 어떤 사물, 예를 들어 에나멜 칠이 벗겨진 세숫대야나 우유가 늘 흘러넘쳐 새까맣게 된 아주 작은 전기 냄비 같은 것들이 있는 곳에서만 상대방을 상기한다는 점에 대해 상대방이 전혀 괴로워하지 않아서 생기는 연민 말이다.

식구들 중 한 사람이 부재하면 그녀에게는 그의 고독한 모습만이 다가왔다. 집에서 자기 곁에 함께 있을 수 없으니 그는 고독할 수밖에 없다는 것이다. 추위와 배고픔, 주위의 비난은 모두 그녀의 책임이라고 느꼈다. 경멸했던 남편도 그녀가 느끼는 죄의식 가운데 하나였고, 그가 그녀 없이 지내야 했을 때면 그를 진심으로 염려했다. 그녀가 자주 다녔고 한번은 암인 것 같아 찾아갔던 병원에서도 그녀는 양심의 가책을 느끼며 누워 있었다. 왜냐하면 그동안 남편이 집에서 아마 식은 음식밖에 먹지 못할 것이기 때문이었다.

그가 집에 없을 때면 그에 대한 연민 때문에 그녀 자신은 전혀 외로움을 느끼지 않았다. 그가 다시 그녀에게 짐이 될 때면 그저 잠깐 고독감이 스쳐 지나갈 뿐이었다. 걸려 있는 바지의 후줄근해진 엉덩이 부분과 구겨져 있는 무릎 부분을 보면 어쩔 수 없이 생겨나는 혐오감. '나도 한 인간을 우러러볼 수 있으면 좋겠다.' 그렇다고 누군가를 늘 경멸해야만 한다는 것은 전혀 아니었다.

마음을 드러내는 몸동작에서 이내 느껴지는 이 권태로움은 해가 지나는 동안 참을성 있는 올바른 태도로, 또 열중하던 일에서 눈을 떼고 공손하게 쳐다보는 것으로 변화되어 갔으나, 그녀의 이런 태도는 남편을 더욱더 의기소침하게 했을 뿐이었다. 그녀는 항상 그에게 소극적이라고 말했다. 그는 종종 그녀에게 왜 자기를 싫어하느냐고 묻는 실수를 했다. 물론 그때마다 그녀는 "어떻게 그런 생각을 하게 되었어요?"라고 대답했다. 그는 지치지 않고 자기가 그렇게 혐오스러우냐고 다시 묻곤 했다. 그녀는 그를 달랬으나 그럴수록 그에 대한 그녀의 혐오감은 커졌다. 그들이 함께 늙어 간다는 것이 그녀를 감동시키지는 않았으나 겉으로는 사는 걸 편하게 받아들이도록 했다. 왜냐하면 그가 더 이상 그녀에게 손찌검을 하지도, 그녀를 못살게 굴지도 않았기 때문이다.

매일 죽도록 해 봐야 자기에게 아무 쓸모도 없는 일에 지쳐 그는 병들고 쇠약해졌다. 조는 듯하다가도 깨어나서 정말로 외로워했다. 그러나 그녀는 그가 부재중일 때에만 그 외로움에 답할 수 있었다.

그들은 참된 의미에서 함께였던 적이 결코 없었기 때문에 멀어지지도 않았다. 편지의 한 구절이 떠오른다. "내 남편은 잠잠해졌단다." 그녀 역시 자신이 그에게 평생토록 하나의 불가사의였다는 생각을 하며 그와 함께 보다 잠잠히 살았다.

이제 그녀는 정치에도 관심을 가졌다. 그녀는 더 이상 남편이 하라는 대로, 혹은 남편의 고용주이자 그녀의 오빠가 지지하는 정당에 투표하지 않고 사회당에 투표했던 것이다. 세월이 흐름에 따라 그녀에게 기대야 할 필요가 점점 많아진다고 느낀 남편도 사회당을 선택했다. 그러나 그녀는 정치가 자신에게 개인적으로 어떤 도움이 될 수 있으리라고는 결코 믿지 않았다. 그녀는 애초부터 결코 보상을 기대하지 않고 호의에서 자신의 한 표를 던졌던 것이다. "사회당은 노동자를 위해 더 많이 일하지." 그러나 그녀 자신은 노동자라고 느낀 적이 없었다.

집안 살림에 시간을 덜 빼앗기게 됨에 따라 그녀에게 점점 더 많은 것을 의미했던 최대 관심사는 그녀가 알고 있는 사회주의 제도 속에는 없었다. 꿈속에서나 출구를 찾을 만큼 억압되어 있었던 섹스에 대한 혐오감과 안개로 축축해진 침대 시트, 꾀죄죄한 이불을 머리 꼭대기까지 뒤집어쓴 채 그녀는 혼자였다. 그녀에게 정말 중요한 것은 정치적인 것이 아니었다. 물론 그녀의 생각에는 잘못이 있었다. 그러나 어디에? 그리고 어떤 정치가가 그녀에게 그걸 설명해 줄 수 있었을까? 또 어떤 말로?

정치가들은 다른 세계에 살았다. 사람들이 그들에게 질문을 해도 그들은 대답도 하지 않고 자신들의 입장을 표명할 뿐이었다. "아무튼 대부분의 것들에 대해선 누구도 말할 수 없습니다." 사람들이 말할 수 있는 것은 정치에 관련된 것뿐이었다. 다른 것은 혼자 힘으로 해결하거나 신(神)에게 맡겨야 했다. 어떤 정치가가 정말 누군가에게 개인적으로 흥미를 가지면 그 사람은 이내 움츠러들 것이다. 그건 아첨에 지나지 않는 것일 테니까.

그녀는 점차 '사람들' 중 하나가 아니라 '그 여자'가 되어 갔다.

그녀는 집 밖에서 기품 있는 표정을 짓는 데 익숙해져 갔고 내가 그녀를 위해 산 중고차의 운전수 옆좌석에 앉아 똑바로 앞만 바라보곤 했다. 집 안에서도 그녀는 재채기를 할 때 더 이상 요란한 소리를 내지 않았고 큰 소리로 웃지도 않았다.

(장례식에서 그녀의 막내아들은 언젠가 집 안에서 한참 떨어진 곳에 있었는데도 찢어지게 웃어 대던 그녀의 웃음소리를 떠올렸다.)

시장을 보면서도 그녀는 왼쪽, 오른쪽으로 꽤나 은근하게 인사를 보냈으며 자주 미장원에 들러 손톱에 매니큐어를 칠했다. 그것은 그녀가 전후의 비참한 상황 속에서 그 끔찍한 어려움을 극복하고자 했던 때처럼 그렇게 꾸며 낸 기품이 아니었다. 그때처럼 이젠 누구도 흘깃 쳐다보는 것만으로는 그녀를 당황하게 할 수 없었다.

집에 있을 때 남편은 바지 밖으로 비죽이 나온 셔츠를 입고서는 그녀 쪽으로 등을 돌린 채 양손은 호주머니에 깊이 찔러넣고 말도 없이 가끔씩 참았던 기침을 하며 언덕배기로부터 골짜기까지 이르는 길을 내려다보았고, 막내 아들은 콧물을 훌쩍이며 부엌 소파의 한구석에 앉아 미키 마우스 만화책을 읽었다. 그녀는 새로이 얻게 된 자세로 식탁에 꼿꼿이 앉아 종종 화난 듯 팔꿈치로 식탁 모서리를 두들겨 대다가는 갑자기 양손을 뺨에 갖다 댔다. 그러면 남편은 대개 현관 밖으로 나가 한동안 기침을 해 대고는 다시 들어오곤 했다. 그녀는 아들이 빵에 버터를 발라 달라고 할 때까지 비스듬히 고개를 떨어뜨리고 앉아 있었다. 그러다가 일어날 때면 그녀는 양손을 짚고 몸을 일으킬 수밖에 없었다.

또 다른 아들은 면허도 없이 운전하다가 차를 망가뜨렸고 구속되었다. 그는 제 아버지처럼 술을 마셔 댔고 그녀는 다시 이 술집에서 저 술집으로 아들을 찾아 쫓아다녔다. 부전자전! 그는 그녀의 잔소리에 절대 귀 기울이지 않았지만 그녀는 항상 똑같은 말로 잔소리를 했다. 그녀에게는 그를 따끔하게 타이를 만한 어휘가 부족했던 것이다.

"넌 창피하지도 않니?"라고 말하면 "알아요." 하고 그가 대답했다. "제발, 어디 다른 데 가서 살아라." "알았어요." 그는 집에서 계속 살았고 남편의 모습을 재탕하고 있었으며 다음번에 구입한 자동차도 부셔 놓았다. 그녀는 그의 보따리를 꾸려 집 앞에 내놓았다. 그는 외국으로 가 버렸다. 그녀는 꿈에서 아들에게 최악의 일이 일어난 것을 보았고 그에게 "너의 불행한 엄마가."라고 쓴 편지를 보냈다. 그러자 그는 곧장 돌아왔고 기타 등등이었다. 그녀는 모든 것이 자기 탓이라고 느꼈다. 그녀는 모든 것을 힘들게 받아들였다.

그리고 항상 똑같은 곳에 그녀를 향해 있는 항상 똑같은 물건들! 그녀는 되는대로 지내려 했지만 늘상 하던 대로 손이 저절로 움직여 어느새 물건들을 정돈하고 있었다. 그럴 수만 있다면 그녀는 간단히 죽어 버렸을 것이다. 그러나 그녀는 죽음에 대한 공포를 갖고 있었다. 게다가 그녀는 너무 알고 싶은 것이 많았다. "난 항상 강해지지 않으면 안 되었으면서도 그럴 수만 있다면 좀 약해지고 싶었단다."

그녀는 취미도, 오락도 없었다. 그녀는 수집하는 물건도 없었고 남과 물건을 바꾸는 일도 하지 않았다. 또한 낱말 맞히기도 더 이상 하지 않았다. 벌써 오래전부터 그녀는 사진도 앨범에 붙이지 않았고 한쪽으로 치워 놓기만 했다.

그녀는 공공 생활에는 결코 참여하지 않았고 일 년에 단한번 헌혈하러 갔으며 외투 깃에 헌혈한 사람에게 주는 표지를 달았다. 어느 날인가 그녀는 그해의 십만 번째 헌혈자로 라디오에 소개되었고 선물 꾸러미를 받았다.

때때로 그녀는 새로 나온 자동식 볼링장에 볼링을 하러 갔다. 볼링 핀이 모두 쓰러져서 종이 울리면 그녀는 입을 다문 채 낄낄댔다.

언젠가는 라디오에서 희망 음악을 틀어 주는 시간에 동베

릴린의 친척들이 헨델의 메시아를 전 가족에게 띄운 적도 있었다.

그녀는 모두들 단칸방에 몰려 있게 되는 겨울을 두려워했다. 누구도 그녀를 찾아오지 않았고 그녀가 무슨 소리를 듣고서 바라보면 그건 다름 아닌 남편이었다. "아, 당신이구려."

그녀는 심한 두통에 시달렸다. 그녀는 알약을 토해 냈고 좌약(坐藥)을 써도 별 소용이 없었다. 머릿속이 심할 정도로 꽹꽹 울리면 그녀는 손끝을 가만히 머리에 댈 뿐이었다. 의사는 매주 그녀에게 주사 한 대씩을 놓아 주었을 뿐이며 그 약 기운이 잠깐이나마 그녀의 고통을 덜어 주었다. 얼마 지나자 주사도 더 이상 효험이 없었다. 의사는 머리를 따뜻하게 해야 된다고 그녀에게 말했다. 그래서 그녀는 항상 머릿수건을 두르고 다녔다. 수면제를 먹어도 그녀는 한밤중이면 벌써 깨어났고, 그렇게 되면 베개를 얼굴 위에 얹었다. 날이 밝을 때까지 그녀는 뜬눈으로 지새우면서 떨었고 그 떨림은 하루 종일 계속되었다. 고통 때문에 그녀는 헛것을 보았다.

그러는 사이 그녀의 남편은 폐결핵 때문에 요양소로 보내졌다. 정감 넘치는 편지들을 보내며 그는 다시 그녀 곁에 눕게 해 달라고 간청했다. 그녀는 다정하게 답장을 보냈다.

의사는 그녀의 어디가 나쁜지 알지 못했다. 흔히 있는 부인병인지 갱년기인지.

그녀는 물건들을 잡으려고 손을 뻗어 봐야 잡지 못했고 무력하게 양손을 추욱 늘어뜨렸다. 설거지를 끝낸 오후에는 그녀는 잠깐 동안 부엌 소파에 누워 있었다. 침실은 너무 추웠다. 때로는 두통이 너무 심해 그녀는 사람도 알아보지 못했다. 그녀는 아무것도 보려 하지 않았다. 그녀의 머릿속이 꿍꿍 울리면 사람들은 그녀에게 아주 큰 소리로 말해야 했다. 그녀는 신체의 모든 균형을 잃어버려 모서리에 부딪혔고 계단에서 미끄러졌다. 웃는 것도 그녀를 아프게 해서 그녀는 이따금 얼굴을 찌푸릴 뿐이었다. 아마도 어떤 신경이 막힌 것 같다고 의사는 말했다. 그녀는 단지 낮은 소리로만 말했고 너무 아파 투덜댈 수조차도 없었다. 그녀는 머리를 어깨 위로 비스듬히 기울였으나 통증은 거기까지 따라왔다.

"난 이제 인간도 아니다."

지난 여름 그녀에게 다니러 갔을 때 나는 침대 위에 누워 있는 그녀를 보았다. 그녀의 표정이 너무도 비참해서 나는 감히 그녀 가까이 다가가지도 못했다. 동물원에서 느껴지는 것처럼 거기엔 살덩이가 되어 버린 동물적인 고독이 누워 있었다. 아무런 수치심도 없이 그녀가 몸뚱이를 바깥쪽으로 내젖히는 것을 보는 것은 고통이었다. 그녀의 모든 뼈가 탈구되고, 산산조각 나고, 헤쳐지고, 염증이 나 있었고 오장육부가 뒤죽박죽된 모습이었다. 그리고 멀찍이 떨어져서 내가 그녀를 괴롭히기라도 한 듯, 마치 카프카 소설에 나오는 카를 로스만[19]이 누구보다도 천박한 화부(火夫)를 바라볼 때 그랬던 것과 같은 눈길을 내게 보냈다. 경악스럽기도 하고 화가 나기도 해

---

19) 카프카의 소설 『아메리카』의 제1장 '화부'에 나오는 주인공.

서 나는 곧 그 방을 나와 버렸다.

그 시간부터 비로소 나는 어머니를 제대로 인식했다. 그전까지는 어느 틈엔가 그녀를 잊고 있었고 가끔 그녀가 살아온 바보스러운 삶에 생각이 미치면 기껏해야 찌르르한 통증 같은 걸 느꼈을 뿐이었다. 이제 그녀는 내게 실체로, 피와 살이 있는 살아 있는 인물로 다가왔고 그녀의 상태를 정말 손에 잡을 듯 체험할 수 있어서 어느 순간에나 그 생생한 느낌과 함께했다.

그 지역의 사람들까지도 갑자기 그녀를 다른 눈으로 보기 시작했다. 그녀는 마치 그들에게 자신의 삶을 실연(實演)해 보이도록 점지 받은 것 같았다. 그들은 왜, 무엇 때문에 등의 질문도 했으나 그건 그저 외면적인 것이었다. 그들은 그녀를 그렇게 이해했던 것이다.

그녀는 감각을 잃게 되어 아무것도 기억하지 못했으며 심지어는 늘 보던 가재도구조차도 알아보지 못했다. 막내아들은 학교에서 집으로 돌아오면 늘 "산보를 나가니 혼자 빵을 발라 먹거나 이웃 아주머니에게 가서 밥 먹어."라는 쪽지를 식탁 위에서 발견했다. 가계부 한 귀퉁이를 찢어서 적은 쪽지들이 서랍 속에 쌓였다.

그녀는 더 이상 주부 노릇을 할 수 없었다. 아침에 눈을 뜰 때면 온몸이 쑤시고 아프지 않은 데가 없었다. 그녀는 집어 드는 모든 것을 바닥에 떨어뜨렸고 그 물건들이 떨어질 때마다 자신도 그렇게 되어 버렸으면 하고 생각했다.

문은 그녀에게 방해가 되었고 지나는 길에 보면 곰팡이가 피어 담벼락에서 비 오듯 떨어지는 것같이 보였다.

그녀는 텔레비전을 봐도 내용을 이해할 수 없었다. 그래서 잠이 들어 버리지 않으려고 손을 계속 이리저리 움직였다.

산보를 하면서 그녀는 가끔 자신을 잊곤 했다. 그녀는 집이 모여 있는 곳에서 가능한 한 멀리 떨어져 숲가나 폐허가 된 제재소 아래쪽의 시냇가에 앉곤 했다. 논밭이나 물을 본다고 아픔이 덜어지는 건 전혀 아니었지만 적어도 그동안엔 마취 효과가 있었다. 무언가를 보고 무언가를 느끼는 감정이 뒤죽박죽된 상태에서는 무엇을 보든 그것은 곧 고통이 되었고 그래서 곧 또 다른 쪽으로 눈길을 돌리면 그것 또한 그녀에게 고통을 가져다주었으나, 흔들려 보이는 주위 세계가 잠깐이나마 그녀를 평안하게 해 주는 그런 정지된 상태가 있었다. 그런 순간에도 그녀는 그저 피곤하기만 해서 아무런 생각 없이 물속을 깊이 들여다보며 휴식을 취했다.

그러고 나면 다시 그녀 내부의 모든 것이 주위 세계를 거꾸로 비쳤다. 그녀는 공포에 차 손발을 허우적거렸지만 공포감을 털어 버릴 수 없었고 좀 전에 느낀 평온한 상태는 사라져 버렸다. 그녀는 일어나 계속 걸어야 했다.

그렇게 걸어가는데도 공포감이 자신을 짓눌러서 아주 천천히 걸을 수밖에 없었다고 그녀는 말했다.

너무 피곤해서 다시 주저앉을 수밖에 없을 때까지 그녀는 걷고 또 걸었다. 그러나 그녀는 곧 일어나 다시 계속 걸어야 했다.

그런 식으로 그녀는 시간을 보냈고 때로는 어두워진 것도 알아차리지 못했다. 밤눈이 어두운 그녀는 돌아오는 길을 찾는 데도 어려움을 겪었다. 집 앞에서 그녀는 멈춰 섰고 벤치에 앉아 감히 안으로 들어가지 못했다.

그러다가 결국 집 안으로 들어갈 때는 문을 아주 천천히 열었고 두 눈을 크게 뜬 어머니는 마치 유령처럼 보였다.

낮에도 그녀는 대개 아무런 분간 없이 이리저리 헤매기만 했고 문과 방향을 혼동했다. 때때로 그녀는 자기가 어디까지 갔었으며 어떻게 시간이 흘러갔는지 알지 못했다. 그녀는 이제 도대체 시간 개념과 방향 감각이란 것을 잃어버렸다.

그녀는 어떤 사람도 보려고 하지 않았다. 기껏해야 관광버스에서 내려 바삐 서두느라 그녀의 얼굴을 볼 새가 없는 그런 사람들 사이에 끼여 레스토랑에 앉아 있곤 했다. 그녀는 더 이상 꾸며 댈 수도 없었고 자신의 모든 것을 내던져 버렸다. 그녀를 보는 사람은 누구나 무엇인가 잘못되었다는 것을 알 수밖에 없었다.

그녀는 이성을 잃을까 두려워했다. 그녀는 너무 늦기 전에 서둘러 작별을 위한 몇 통의 편지를 썼다.

그 편지들은 너무도 절실해서 그녀 자신이 편지지 속으로 뚫고 들어가려 한 것 같았다. 그때 그녀에게 무언가를 쓴다는 것은 그녀의 주위에 있는 사람들이 받아들이는 것처럼 낯선 작업이 아니라 의지와는 별개로, 숨 쉬는 것과 같은 작업이었다. 물론 사람들은 더 이상 그녀와 함께 뭔가를 이야기할 수는 없었다. 단어들마다 곧 그녀에게 끔찍한 것을 연상시켜서 그녀는 판단력을 잃었다. "난 이야기할 수가 없어. 날 좀 괴롭히지 말아라." 그녀는 몸을 돌렸고, 또 한번 돌렸고, 계속 돌리다가 드디어는 아주 몸을 돌려 버렸다. 그러고 나면 그녀는 눈을 감아야 했고 돌려진 그녀의 얼굴 위론 눈물이 조용히 하염없이 흘렀다.

그녀는 주(州)의 수도에 있는 신경과 의사를 찾아갔다. 의사 앞에서는 그녀도 이야기할 수 있었다. 그는 그녀의 주치의였다. 그에게 얼마나 많은 것을 이야기했는지 그녀 자신도 놀라워했다. 이야기를 하면서 비로소 그녀는 제대로 기억하기 시작했다. 그 의사는 그녀가 말하는 모든 것에 고개를 끄덕였고 세부적인 증세를 판단하고서는 '신경쇠약증'이란 병명을 붙여 주었다. 그것이 그녀를 안심시켰다. 그는 그녀가 어떤 상태인지 알았고 그녀의 상태에 적어도 병명을 붙여 줄 수 있었던 것이다. 그녀만이 유일한 환자는 아니었다. 대기실에도 몇 사람이 있었다.

다음번에 병원에 갔을 때엔 대기자들을 관찰하는 것이 그녀를 다시금 즐겁게 했다. 의사는 그녀에게 신선한 공기를 쐬며 산보를 많이 하라고 말했다. 그러고는 그녀가 느끼는 머리의 압박감을 조금 가라앉히는 약을 처방해 주었다. 여행하면서도 다른 생각을 하는 게 좋을 거라고 했다. 그녀는 진찰할 때마다 현금을 냈다. 왜냐하면 노동자 의료보험은 가입자들에게 이런 종류의 병원비는 대납해 주지 않기 때문이었다. 자신을 위해 돈을 쓴다는 사실이 다시 그녀의 마음을 짓눌렀다.

때때로 그녀는 어떤 사물에 들어맞는 단어를 필사적으로

찾곤 했다. 대개의 경우 그녀는 그 단어를 알고 있었지만 그렇게 함으로써 다른 사람들이 자신에게 관심을 가져 주기를 원했던 것이다. 그녀는 자기가 실제로 아무도 알아보지 못하고 아무것도 알아차리지 못했던 그 잠깐의 시간을 그리워했다.

그녀는 아프다는 것을 즐겼고 여전히 환자 노릇을 계속했다. 그녀는 결국에는 명징하게 떠오를 생각들을 방어하기 위해 머릿속이 뒤죽박죽인 척했다. 왜냐하면 머릿속이 완전히 맑아지면 자신이 특수한 경우로 여겨졌고 어떤 한 부류에 속한다는 위안도 더 이상 아무런 소용이 없었기 때문이다. 그녀는 제대로 기억하거나 모든 것을 정확히 이해했다 해도 망각과 산만함을 과장하면서 "이젠 됐다! 훨씬 나아졌다니까!"라고 말하며 기운을 차리게 되기를 원했다. 마치 기억력을 잃고 이제는 더 이상 이야기에 끼어들 수 없어 번민하는 상황에 모든 공포가 존재한다는 듯 말이다.

그녀는 사람들이 자기에게 농담하는 것을 못 견뎠다. 그런 상태에 있는 그녀를 달래는 것이 그녀에게는 도움이 되지 않았다. 그녀는 모든 것을 곧이곧대로 받아들였다. 그녀는 누군가가 자기 앞에서 특별히 건강한 척하면 울음을 터뜨렸다.

한여름에 그녀는 사 주 동안 유고슬라비아에 갔다. 그녀는 처음에는 그저 어두워진 호텔 방에 앉아 머리를 손으로 더듬더듬 만지기만 했다. 상념이 끼어들어 그녀는 책을 전혀 읽을 수가 없었던 것이다. 그녀는 자꾸만 욕실로 가서 몸을 씻곤 했다. 그러고 나면 밖으로 나갈 용기가 났고 바닷물 속을 잠깐 동안 걸어 다녔다. 그녀는 처음으로 휴가를 받았고 처음으로 바닷가에 온 것이었다. 바다는 그녀의 마음에 들었다. 밤에 종종 폭풍우가 치면 잠에서 깨어난 채 누워 있는 것이 아무렇지도 않았다. 그녀는 햇빛을 가리느라 밀짚모자를 하나 샀다가 출발하는 날 되팔았다. 오후마다 그녀는 카페에 가서 에스프레소 커피를 마셨다. 그녀는 아는 사람들 모두에게 다른 이야기도 하면서 자신의 근황이 담긴 엽서와 편지를 썼다.

그녀는 다시 시간의 흐름과 주위 여건에 대한 감각을 갖게 되었다. 그녀는 호기심에 차 옆 테이블의 대화를 엿들었고 그 사람들이 서로 어떤 관계인지 알아내려 했다.

저녁이 되어 그리 덥지 않으면 그녀는 주변의 마을을 돌아다니면서 문 없는 집들의 속내를 들여다보았다. 지금껏 그렇게 가난한 풍경을 본 적이 없었기에 그녀는 그야말로 놀라움을 금치 못했다. 두통은 멈추었다. 그녀는 더 이상 아무것도 생각해서는 안 되었고 어떤 때는 완전히 세상을 벗어나 있었다. 그것이 그녀에겐 기분 좋은 지루함이었다.

집에 돌아오자 그녀는 오래도록 묻지 않아도 많은 말을 했다. 그녀는 많은 것을 이야기했다. 그녀는 내가 산보에 동행하는 걸 허락했다. 우리는 종종 레스토랑으로 식사하러 갔으며 그녀는 식사 전에 캄파리를 한 잔씩 마시곤 했다. 머리를 짓누르는 압박은 이젠 거의 경련 같은 것이 되었다. 그녀는 일년 전 어느 카페에서 어떤 남자가 자기에게 말을 걸어왔다는 것을 떠올렸다. "근데 그 남자 참 예절이 바르더구나!" 그녀는 다음 해 여름에는 날씨가 그리 덥지 않은 북쪽으로 가고 싶어

했다.

그녀는 빈둥거리며 지냈고 정원에 옛 친구들과 앉아 담배를 피웠으며 커피에 날아드는 벌을 쫓아냈다.

날씨는 화창하고 온화했다. 빙 둘러쳐진 구릉의 솔숲은 하루 종일 안개 위로 솟아 있었고 한동안은 그리 어둡지도 않았다. 그녀는 겨울을 맞을 채비로 과일 잼과 채소 잼을 만들었고 양자(養子)를 들이겠다는 생각을 했다.

나는 이미 오로지 나만의 삶을 꾸려 가고 있었다. 팔월 중순에 나는 다시 독일로 돌아갔고 그녀를 혼자 남겨 놓았다. 그후 몇 달 동안 나는 작품을 썼고 그녀는 가끔씩 소식을 전해 왔다.

"내 머릿속에선 무언가 윙윙댄단다. 견디기 힘든 날이 많다."

"여긴 춥고 날씨가 궂다. 아침이면 오래도록 안개가 끼어 있단다. 난 늦게까지 자고서 침대에서 빠져나와도 무얼 하고 싶은 생각이 없단다. 양자를 데려오는 문제도 현재로선 불가능하구나. 남편이 폐결핵이라서 양자를 맞을 수 없다는구나."

"기분 좋은 생각을 할 때마다 문이 저절로 닫히는 느낌이다. 그러면 나는 다시 혼자서 마비된 생각 속에 빠지지. 난 정말 기분 좋은 일을 쓰고 싶지만 그럴 만한 일이 없구나. 네 아버진 닷새 동안 여기 있었지만 우린 서로 할 말이 없었다. 내가 말을 해도 그 사람이 이해하지 못하니 난 그만 입을 다물어 버리고 말지. 그러면서도 네 아버지가 있어서 그런대로 기뻤단다. 그렇지만 막상 그가 곁에 있으면 쳐다볼 수조차 없단다. 이 상황을 견뎌 내려면 어떤 방도를 구해야만 한다는 것을 알아. 어떻게 할까 끊임없이 궁리를 해 보지만 뾰족한 수가 떠오르지 않는구나. 넌 이 너절한 걸 읽고 나서 빨리 다시 잊어버리는 게 상책이다."

"난 집에 있으면 견딜 수가 없어서 집 근처 어디론가 달려 나가고 만다. 이제 난 좀 더 일찍 일어난단다. 그때가 내겐 가장 힘든 시간이다. 다시 자지 않기 위해 난 무언가를 억지로 해야만 한단다. 난 이제 시간이 있어도 아무것도 시작할 수 없다는 걸 알고 있다. 외로움이 뼛속까지 사무쳐도 난 누구와도 말하고 싶지 않단다. 가끔 저녁에는 무언가를 마시고 싶지만 그래서는 안 되겠지. 그러면 약효가 없을 테니까 말이다. 어제는 클라겐푸르트에 가서 하루 종일 여기저기 앉기도 하고 돌아다니기도 하다가 저녁이 되어서야 겨우 막차를 탔단다."

시월이 되자 그녀는 전혀 편지를 보내지 않았다. 날씨 좋은 가을날이면 사람들은 거리에서 그녀가 아주 천천히 앞을 향해 걸어가는 걸 보면서 조금 더 빨리 가 보라고 그녀를 부추겼다. 아는 사람을 만날 때마다 그녀는 레스토랑에서 커피 한 잔 마시는 동안 친구가 되어 달라고 청했다. 사람들은 그녀를 일요일에 있을 소풍에 초대했고 그녀는 기꺼이 함께 갔다. 그녀는 사람들과 함께 그해의 마지막 예배에 참석했다. 때로 그녀는 축구 경기를 함께 보러 가기도 했다. 그럴 때면 그녀는 열렬히 경기를 관전하는 사람들 사이에 조심스레 끼어 앉아 거의 입도 뻥긋하지 않았다. 그러나 수상(首相)이 그 지역에 선거 운동하러 와서 카네이션을 나눠 주었을 때 그녀는 갑자기 용감하게 앞으로 나서며 카네이션 한 송이를 달라고 했다. "근데 저에게는 안 주세요?" "미안합니다, 부인!"

십일월 초가 되자 그녀는 다시 편지를 쓰기 시작했다.

"나는 모든 것을 끝까지 생각할 만큼 논리적이지 못하고 머리가 아프단다. 머릿속이 윙윙거리고 때론 휘파람 소리까지 들려와 더 이상 바깥에서 나는 소리를 견딜 수가 없구나."

"난 나 자신과 얘기한다. 그건 누군가 다른 사람에게는 말할 수 없기 때문이지. 때론 내가 기계가 아닌가 하는 생각이 들기도 한다. 난 어딘가로 떠나고 싶지만 어두워지면 집으로 돌아오는 길을 찾지 못할까 봐 겁이 나. 아침이면 안개가 짙게 깔리고 모든 게 몹시 고요하다. 매일 난 똑같은 일을 해도 아침이면 또 엉망으로 늘어져 있단다. 이거야말로 끝없는 악순환이지. 난 정말 죽어 버렸으면 하고 바란단다. 거리에 나갔을 때 자동차가 휙 스치고 지나가면 내 몸뚱이를 내던지고 싶은 욕망을 느낀단다. 그렇지만 그렇게 한다고 백 퍼센트 성공할까?"

"어제 난 텔레비전에서 도스토옙스키의 「온순한 여자」를 보았다. 밤이 새도록 아주 끔찍한 것들을 보았단다. 꿈을 꾸었던 것이 아니라 실제로 보았던 거다. 몇몇 남자들이 벌거벗고 여기저기 돌아다니는데 성기 대신에 창자를 덜렁거리며 달고 있더구나. 12월 1일이면 네 아버지가 집으로 돌아온다. 매일 조금씩 불안해지기 시작면서부터 그와 어떻게 같이 살 수 있을지 상상이 안 된다. 각자 다른 구석을 볼 테니 외로움은 그만큼 더 커질 거다. 몸이 얼어붙는 것 같아 조금 뛰어다녀야겠다."

종종 그녀는 집 안에 틀어박혀 있었다. 사람들이 흔히 그러는 것처럼 자기 앞에서 뭔가 불평을 할 때면 그녀는 늘 그들의 말을 가로막아 버렸다. 그녀는 모두에게 아주 혹독했으며 손짓을 한 번 까딱하거나 잠깐 동안 그들을 비웃었다. 타인들이란 그녀를 방해하고, 기껏 잘해 봐야 약간 감동을 주는 어린애들에 불과했다.

그녀는 쉽게 무자비해졌다. 사람들은 그녀에게서 혹독하게 욕을 먹었고 그녀 앞에 있으면 자신들이 위선적인 것처럼 여겨졌다.

사진을 찍을 때면 그녀는 이제 표정을 지을 수가 없었다. 그녀는 이마에 주름을 지우고 미소를 지으려고 양 뺨을 부풀렸지만 홍채의 한가운데서부터 풀려 버린 동공을 지닌 두 눈은 치유할 수 없는 슬픔을 내보였다.

단순히 존재한다는 것 자체가 그녀에게는 고통스러웠다.

그러면서도 그녀는 죽음에 대해서도 역시 공포감을 갖고 있었다.

"숲속으로 산보를 하십시오!"(신경과 의사의 말.)

때로 그녀가 마음을 털어놓곤 했던 마을의 수의사는 그녀가 죽은 후 "그렇지만 숲속은 어둡지!"라고 조소하듯 말했다.

밤낮으로 안개가 끼어 있었다. 점심 때 그녀는 전깃불을 끌 수 있는지 시도해 보고는 이내 다시 켰다. 어디를 본단 말인가? 팔짱을 끼고 양손을 어깨 위에 얹기. 때때로 눈에 보이지 않는 모터 소리, 수탉 한 마리가 그제서야 날이 새는 줄 알고 오후가 될 때까지 꼬꼬댁거렸고 그러노라면 어느 틈에 업무 종료를 알리는 공장의 사이렌이 들렸다.

밤이면 창가에서 안개가 어지럽게 춤을 추었다. 그녀는 유리창 너머로 물방울이 불규칙적으로 떨어지는 소리를 들었다. 시트 밑에 깔린 전기 담요는 밤새도록 켜져 있었다. 아침이면 난로의 불은 자주 꺼져 버렸다. "난 더 이상 날 추스리고 싶지 않다." 그녀는 이제 눈을 감을 수도 없었다. 그녀의 의식 속에서는 굉장한 사건이 일어났다.(프란츠 그릴파르처)[20]

(이제부터 나는 이야기가 너무 제멋대로 흐르지 않도록 조심해야 한다.)

그녀는 모든 식구들에게 작별의 편지를 썼다. 그녀는 자신이 하는 일이 무엇인지, 왜 그렇게밖에 할 수 없는지 알고 있었다. "당신은 이해하지 못할 거예요."라고 그녀는 남편에게 편지를 썼다. "그렇지만 계속 산다는 건 생각할 수 없어요." 그녀는 나에게 유언장의 복사본을 동봉한 편지를 등기로, 그것도 속달로 보냈다. "난 몇 번인가 쓰려고 시도해 보았지만 위로도, 도움도 되지 않았단다." 모든 편지에는 날짜뿐만 아니라 요일까지 적혀 있었다. "1971년 11월 18일, 목요일."

다음 날 그녀는 버스로 읍내에 가서 주치의로부터 장기 처방전을 받았고 그걸로 백 정 가량의 수면제를 샀다. 거기에다 그녀는 비도 오지 않았는데 예쁘고 손잡이가 약간 굽은 빨간 우산을 샀다.

---

20) Franz Grillparzer(1791~1872). 오스트리아 작가.

늦은 오후에 그녀는 언제나 그랬듯 거의 텅 빈 버스를 타고 집으로 돌아왔다. 한두 사람이 아직 그녀를 목격했다. 그녀는 집으로 돌아와 딸이 살고 있는 옆집에서 저녁을 먹었다. 모든 것이 여느 때와 같았다. "우린 농담도 주고받았어."

그리고 나서 집으로 돌아와 그녀는 막내와 함께 텔레비전을 보았다. 두 사람은 「아버지와 아들」이란 연속극을 보았다.

그녀는 막내를 잠자리로 보내고 텔레비전을 켜 놓은 채로 앉아 있었다. 그 전날 그녀는 미장원에 갔었고 손톱에 매니큐어를 칠했다. 그녀는 텔레비전을 끄고 침실로 가서 갈색 투피스를 옷장 속에 걸었다. 그녀는 진통제를 몽땅 입안에 털어 넣고 갖고 있는 신경안정제도 모두 먹어 치웠다. 그녀는 생리대까지 끼운 위생 팬티에 팬티 두 개를 더 껴입고, 머릿수건으로 턱을 단단히 묶고는 전기 담요도 켜지 않은 채 무릎까지 내려오는 잠옷을 입고 침대에 누웠다. 그녀는 몸을 주욱 뻗고 양손을 가슴 위에 포갰다. 장례식을 어떻게 치러 달라는 것만 적혀 있는 편지의 마지막 대목에 가서야 그녀는 "드디어 평화롭게 잠들게 되어 아주 편안하고 행복하다."고 썼다. 그러나 나는 그것이 그녀의 진심이 아니라고 확신한다.

그녀의 부음을 받은 다음 날 저녁 나는 오스트리아행 비행기를 탔다. 비행기에는 별로 승객이 없었고 차분하고도 조용한 비행이었다. 공기는 맑고 구름 한 점 없었으며 저 멀리 아래로 차례차례 바뀌어 가는 여러 도시의 불빛들이 보였다. 신문을 읽고, 맥주를 마시고, 창밖을 내다보기도 하면서 나는 차츰 나른하고도 평범하고 편안한 감정 속으로 빠져들었다. 맞아, 라고 나는 자꾸만 생각하며 내 생각들을 나 자신에게 조심스레 되뇌었다. 그거였어. 그거였어. 그거였다니까. 아주 좋아. 아주 좋아. 아주 좋다니까. 비행기를 타고 가는 동안 나는 그녀가 자살을 했다는 데 긍지를 느껴서 제정신이 아니었다. 그러자 비행기는 착륙하기 시작했고 불빛들은 점점 더 커져 갔다. 이제는 어떻게 피할 수조차 없이 흐느적대는 황홀감에 푸욱 빠져 꽤 황량한 공항 건물을 가로질러 걸어갔다.

다음 날 아침 기차를 타고 가며 나는 빈 소년 합창단의 성악 지도교사라는 여자의 말에 귀 기울였다. 그녀는 동행한 남자에게 소년 합창대원들은 나중에 성인이 되어서도 제 발로 설 수가 없다고 이야기했다. 그녀에겐 소년 합창대원인 아들이 있다고 했다. 남미 순회공연에서 그 아이는 가지고 간 용돈으로 지낼 수 있었던 유일한 대원이었고 돈을 약간 남겨 오기까지 했다는 것이다. 그걸 보면 그 아이는 성인이 되어서도 웬만큼은 지각을 가질 낌새가 보인다고 했다. 나는 그 모든 이야기를 흘려들을 수가 없었다.

나는 기차역에서 자동차로 마중을 받았다. 밤에는 눈이 내렸지만 이젠 구름 한 점 없이 해가 났고 날씨는 추웠다. 공기 속엔 서리가 반짝거리며 떠다녔다. 시골 풍경이 저 변화하지 않는 짙은 청색의 우주 공간에 속하는 것처럼 보였기 때문에 다른 일기 변화를 상상할 수 없는 이런 날씨에 밝고 문명화된 시골 풍경 속을 가르며 죽음의 집을 향해, 어쩌면 벌써 썩기 시작한 시체가 있는 곳으로 차를 타고 달린다는 것은 얼마나 모순인가! 그렇게 달리는 동안 나는 어떤 행동을 취해야 할지, 또 어떤 일이 일어날지 상상할 수조차 없는 상태여서 차가운 침실에 누워 있는 죽은 몸뚱이는 내게 참으로 느닷없이 다가왔다.

근처에 사는 많은 여인네들이 죽 세워 놓은 의자에 나란히 앉아서 누군가 따라 주는 포도주를 마시고 있었다. 죽은 자를 보면서 그들이 점차로 자신들에 대해 생각하기 시작한다는 것을 나는 느꼈다.

장례식이 있던 날 아침에 나는 오랫동안 시체와 단둘이서 방 안에 있었다. 갑자기 나를 엄습한 개인적인 감정이 시체를 지키는 일반적인 관습과 조응했다. 아직도 그 죽은 몸뚱이는 끔찍하게 버림받아서 사랑을 갈망하고 있는 듯 보였다. 나는 다시 지루해지기 시작해 시계를 보았다. 나는 적어도 그녀 곁에 한 시간은 머무르리라 작정했었다. 눈 밑의 피부는 완전히 쪼그라들었고 얼굴 여기저기에는 아직도 성수 방울이 얼룩져 있었다. 복부는 약 때문에 약간 팽창되어 있었다. 나는 그녀가 혹여 아직 숨을 쉬지는 않나 하고 보기 위해 가슴 위에 놓인 양손과 두 눈이 주시하는 방 끝의 한 지점을 한참이나 비교해 보았다. 윗입술과 코 사이에는 이제 인중도 없어져 버렸다. 그녀의 얼굴은 아주 남자처럼 되어 버렸다. 때로 그녀를 한참 들여다보고 난 후에는 무슨 생각을 하면 좋을지 알 수 없었다. 그런 순간이면 나의 지루함이 극에 달해 심란해져서 시체 곁에서 일어서지 않을 수 없었다. 그러나 그런 시간이 지나자 난 밖으로 나가고 싶지도 않아 그녀 곁에 더 머물렀다.

그러고 나서 그녀는 사진에 찍혔다. 어느 쪽에서 찍어야 더 예쁘게 보였을까? '죽은 자의 사랑스러운 쪽'.

장례식은 그녀를 최종적으로 비인간화시켰던 반면 모든 사람들을 홀가분하게 했다. 우리는 심한 눈보라 속에서 그녀의 유해를 따라갔다. 종교적 문구에 이제 그녀의 이름만 삽입되면 되었다. "우리의 사랑하는 자매……." 외투 깃에 떨어진 촛농. 그건 나중에 다림질을 해서 지웠다.

눈이 몹시 쏟아졌고 그런 눈에 익숙지 않은 사람들은 눈이 좀 덜 내리지 않나 하고 자꾸 하늘을 올려다보았다. 촛불들은 차례로 꺼졌고 다시 켜지지 않았다. 어떤 사람이 장례식에 와서 훗날 죽을병을 얻었다는 이야기를 사람들이 얼마나 자주 읽었을까 하는 생각이 문득 떠올랐다.

공동묘지의 담 뒤에서부터는 곧바로 숲이 시작되었다. 경사가 꽤나 가파른 구릉 위에 소나무 숲이 있었다. 나무들이 하도 빽빽이 서 있어서 사람들은 묘지의 두 번째 열부턴 그저 꼭대기만 볼 수 있었고 나무 꼭대기 뒤편에 또 나무 꼭대기가 이어져 있었다. 여기저기 걸려 있는 눈덩이 사이로 바람이 끊임없이 몰아쳐도 나무들은 꿈쩍도 하지 않았다. 사람들이 서둘러 떠났던 무덤가에 보이는 움직이지도 않는 나무들의 모습. 처음으로 자연이 정말 잔인하게 보였다. 그러니까 여기까지가 사실이었다! 숲은 혼자서 말했다. 이 수없이 이어지는 많은 나무 꼭대기들 외에 중요한 것은 아무것도 없었다. 그 나무 꼭대기들 앞에 보이는 것은 점점 더 풍경에서 멀어지는 혼란스러운 삽화적 형상들이었다. 나는 우롱당한 듯했고 완전히 맥이 빠졌다. 갑자기 나는 쓰러지고 말 것 같은 분노 속에서 나의 어머니에 대해 무엇인가를 쓰고 싶다는 욕구를 느꼈다.

그 후 저녁때 나는 집의 계단을 올라갔다. 갑자기 한꺼번에 몇 계단씩 건너뛰어 올라갔다. 그러면서 나는 마치 복화술(腹話術)이라도 하는 듯 낯선 목소리로 아이처럼 낄낄댔다. 몇 계단을 건너뛰었다. 계단 위에서 나는 가슴을 기운차게 주먹으로 쳤고 두 팔로 내 가슴을 끌어안았다. 아무도 모르는 비밀을 간직한 사람처럼 자의식에 차서 다시 천천히 계단을 내려갔다.

글을 쓴다는 것이 내게 도움이 됐다고 말할 수는 없다. 내가 쓸 이야기에 몰두했던 몇 주 동안 그 이야기 역시 나를 끊임없이 몰아대었다. 내가 처음에 생각했던 것처럼 쓴다는 행위를 통해 내 삶의 완결된 한 시기에 대해 회상하는 것이 아니라, 그로부터 거리감을 두어 단순히 주장하는 문장들의 형식을 구사함으로써 끊임없이 회상하는 척한 것뿐이었다. 나는 아직도 밤중에 가끔 어떤 내적 충격에 깜짝 놀라서 눈을 뜨고는 공포 때문에 숨이 막힌 채 시시각각 내가 살아 있는 채로 부패되어 가는 것을 체험한다. 어둠 속에 공기가 너무도 가라앉아 있어서 내게는 모든 것들이 균형을 잃고 갈가리 헤쳐진 듯 보인다. 그것들은 그야말로 중심을 잃고 소리 없이 얼마간 떠다니다가 결국은 여기저기서 추락하여 나를 짓누를 것이다. 이런 악몽 속에서 사람들은 부패해 가는 짐승이 되고 모든 감정을 자유롭게 서로 교감하는 만족감을 소극적으로 맛보는 것과는 달리 수동적이고 객관적인 공포감에 어쩔 수 없이 사로잡힌다.

서술한다는 것이 단순한 회상의 과정임은 말할 나위가 없다. 그러나 한편으로 그것은 다음을 위해선 아무것도 남겨 놓지 않는다. 즉, 가능한 한 적합한 문장들로 기억에 접근해 가려고 노력함으로써 공포의 상태에서 작은 쾌감을 얻어 내고, 공포의 쾌감에서 회상의 쾌감을 생성해 내는 것이다.

하루 종일 나는 관찰당한다는 느낌을 자주 받는다. 난 문을 열고 밖을 내다본다. 밖에서 들려오는 모든 소리를 다름 아닌 나에 대한 타격으로 느낀다.

이야기를 글로 쓰는 작업을 할 때 가끔 나는 그 모든 솔직함과 정직함이 지겨워졌다. 그래서 약간 거짓말도 하고 진의를 숨길 수도 있는 그런 것, 예를 들면 희곡 같은 것을 쓰고 싶은 욕망이 생겼다.

한번은 빵을 썰다가 칼이 미끄러져 떨어진 적이 있었는데 그럴 때 곧 나의 기억 속에서 아침마다 어머니가 아이들에게 작은 빵 조각을 따뜻한 우유 속에 썰어 넣어 주었던 일이 떠올랐다.

어머니는 지나가면서 자주 침으로 재빨리 아이들의 콧구멍과 귀를 닦아 주곤 했다. 나는 항상 움찔하며 뒤로 물러났다. 나는 침 냄새가 싫었다.

한번은 등산 모임에서 그녀가 오줌 누려고 일행으로부터 빠져나간 적이 있었다. 그게 너무 창피해서 내가 엉엉 울자 그녀는 오줌 누러 가지 못했다.

병원에서 그녀는 언제나 여러 사람들과 함께 쓰는 커다란 병실에 있었다. 그래, 그런 일이 아직도 있어! 한번은 그 병실에서 그녀가 오래도록 내 손을 꼭 잡고 있었다.

모두들 배부르게 먹고 식사가 끝났을 때마다 그녀는 남은 빵 부스러기들을 애교 있게 입속으로 집어넣었다.

(물론 이건 일화들이다. 그러나 이런 맥락에서는 학문적으로 쓴다 해도 똑같이 일화와 같은 느낌이 들 것이다. 표현들은 모두 너무 밋밋하다.)

찬장 속에 든 달걀을 넣어 만든 리큐어 술병!

그녀가 매일 하던 사소한 일, 특히 부엌에서 일하던 그녀에 대한 나의 고통스러운 추억.

화가 나도 그녀는 아이들을 때리지는 않았고 기껏해야 아이들의 코를 심하게 풀어 주었을 뿐이다.

밤에 잠에서 깨어났는데 현관에 전깃불이 켜져 있을 때면 사람들이 갖는 죽음에 대한 공포.
몇 년 전 나는 모든 식구들과 함께 그들과는 개인적으로 아무런 관련도 없는 모험 영화를 만들 것을 계획했다.

아이였을 때 그녀는 몽유병자였다.

그녀가 죽은 뒤 얼마 동안 그녀가 죽은 바로 그 요일만 되면 그녀의 죽음이 특히나 생생하고 아프게 느껴졌다. 금요일마다 고통 속에서 동이 트기 시작했고, 또 날이 어두워졌다. 밤안개에 싸인 시골의 노란 가로등. 더러워진 눈[雪]과 운하에서 풍기는 악취. 텔레비전 보는 소파에 앉아 팔짱 낀 팔. 마지막으로 변기에 물 내려가는 소리, 두 번.

어머니에 대한 이야기를 쓰면서 나는 음악을 작곡하는 것이 이런 사건들에 더 잘 어울릴 것이라고 느꼈다. "스위트 뉴잉글랜드(Sweet New England)."

"어쩌면 우리가 알지도 못하고 상상할 수조차 없는 새로운 절망이 있을지 모르지."라고 범죄 영화 시리즈 「수사반장」에 나오는 한 시골 학교 선생이 말했다.

그 마을의 모든 뮤직 박스에는 「지겨운 세상의 폴카 (WELTVERDRUSS-POLKA)」라는 제목의 디스크가 있었다.

내 타이프라이터 뒤편, 저 멀고도 먼 곳에서 오고 있는 봄의 신호들——진창, 웅덩이, 미지근한 바람, 그리고 눈을 떨쳐 버린 나무들.

'그녀는 자신의 비밀을 무덤 속까지 가져갔다!'

어떤 꿈속에선 그녀의 얼굴이 달라져 있었는데 그 얼굴도 이미 꽤나 상해 있었다.

그녀는 사람을 좋아했다.

또 아주 기분 좋은 것——나는 쳐다보는 것만으로도 견딜 수 없이 마음이 아픈 그런 것들을 꿈에서 보았다. 그런데 갑자기 누군가가 와서 눈 깜짝할 사이에 그 사물들로부터 고통스러운 요소를 제거해 버렸다. 마치 유효 기간이 지난 광고를 떼어 내듯 말이다. 이 은유도 꿈으로 꾼 것이었다.

어느 여름날 나는 외할아버지 방에서 창문을 통해 밖을 내다보았다. 볼 것은 별로 없었다. 길이 하나 마을을 가로질러 위쪽 암황색 건물——전에는 쉰브룬 음식점이었던 건물——쪽으로 나 있었다. 그리고 거기에서 구부러졌다. 때는 일요일 오후였고 길은 텅 비어 있었다. 문득 나는 그 방의 주인이 곧 죽게 되리란 쓰라린 감정을 느꼈다. 그러나 그의 죽음이 아주 자연스러운 것이라는 걸 알고 있었기에 그 느낌은 가라앉았다.

공포라는 것은 자연의 법칙에 부합하는 것이다. 즉, 의식 속에 있는 진공과 같은 공포. 생각은 막 형성되어 가는데 생각할 것이 이제 아무것도 없다는 것을 갑자기 깨닫는다. 그러고 나면 그 생각은, 허공 속을 걷고 있다는 것을 갑자기 깨닫게 된 만화영화의 인물처럼 땅 위로 추락해 버린다.

나중에 나는 이 모든 것에 대해 훨씬 더 자세히 쓰게 될 것이다.

아이 이야기

1

그 청년이 생각한 미래의 삶은 아이와 함께 사는 것이었다. 그리고 거기에 덧붙여지는 상상들로는 말 없는 공동생활, 잠깐 동안 나누는 시선 교환, 쪼그리고 앉은 모습, 들쭉날쭉한 가르마, 먼 곳에서 또는 가까운 곳에서 느껴지는 행복한 일체감이 떠오르곤 했다. 이 끊임없이 반복되는 상념의 빛은 어렴풋이 그 뒷모습만 느껴지는 어느 집 앞의 거친 모래가 깔린 텅 빈 마당에, 비가 내리기 직전에 어둠이 스며드는 것과 같은 침침한 빛이었다. 마당에는 여기저기서 살랑대는 크고 우람한 나무들이 서 있고 그 아래로 잔디가 둔덕을 이루며 두껍게 덮여 있을 것이다. 그가 아이에 대해 생각하는 것만큼 자명한 것으로서 큰 기대를 건 두 가지 바람이 있었다. 하나는 그에게만 점지되어 언제부턴가 신비스럽게 그를 향해 다가오고 있는 여인에 관한 것이었고, 또 다른 하나는 인간으로서 누릴 수 있는 자유를 보장하는 직업을 갖고 사는 생존에 관한 것이었다. 이 세 가지 꿈은 물론 한꺼번에 하나의 상으로 겹쳐져서 나타나지는 않았다.

소망했던 아이가 태어나던 날, 성인이 된 남자는 병원 근처에 있는 운동장 가에 서 있었다. 때는 봄볕이 밝게 비치는 일요일 오전이었다. 잔디가 벗겨져 버린 골대 앞에 움푹 파인 웅덩이들은 경기가 진행되고 나서 사람들의 발길에 밟혀 진흙탕이 되었고, 거기에선 수증기가 피어오르고 있었다. 그는 병원에 도착해서야 자신이 늦게 왔다는 것을 알았다. 아기는 이미 태어나 있었다. (사실 그는 아이가 태어나는 것을 지켜보는 것이 몹시 두려웠다.) 그의 아내는 입술이 하얗게 마른 채 복도에 서 있는 그의 옆을 지나 병실로 실려 갔다. 지난밤 그녀는 아무도 없는 텅 빈 대기실에서 혼자 바퀴가 달린 높은 침대 위에 누워 대기하고 있었다. 그가 깜박 잊고 집에다 두고 온 것을 그녀에게 가져왔을 때 두 사람 사이에는, 그러니까 비닐 봉투를 들고 문간에 서 있는 남편과 휑한 방 한가운데에 높은 금속제 침대 위에 누워 있는 아내 사이에는 잠시 깊은 부드러움이 오가는 순간이 있었다. 대기실은 대단히 컸다. 그들은 상당한 거리를 두고 서로 떨어져 있었다. 위잉 소리를 내며 하얗게 작열하는 형광등 불빛을 받아 미끄러워 보이는 리놀륨 바닥이 문과 침대 사이에서 번쩍거렸다. 아내는 형광등 전구의 번쩍이는 섬광 속에서 얼굴에 놀라움이나 당혹감을 보이지 않고 대기실 안으로 들어오는 남편 쪽을 바라보고 있었다. 그의 뒤로 쭉 뻗은 넓고 어두운 복도와 계단을 지나 텅 빈 도심의 거리에는, 자정이 훨씬 지난 한밤의 아늑함과 어떤 것에도 방해받지 않는 평화스러운 분위기가 충만해 있었다.

남자가 유리창 너머로 처음 보게 된 아이의 모습은 신생아라기보다는 그냥 완전한 한 인간의 모습이었다. (나중에 사진으로 보았을 때에야 그것은 흔히 보는 갓난애의 얼굴처럼 보였다.) 여자 아이라는 사실이 곧 그의 마음을 기쁘게 했다. 그러나 나중에 알게 되었지만 다른 경우였더라도 똑같이 기뻤을 것이다. 유리창 너머로 그가 본 아기는 '딸'이라든가 '후손'이 아니라 그냥 아이였다. 그의 생각엔 아이가 이 세상에 만족스러워하며 기꺼이 존재하는 것 같았다. 달리 특별한 점은 없지만 그냥 아이라는 사실이 밝은 빛을 발했다. 순진무구함이란 정신의 한 형태였다! 유리창 밖에 서 있는 남자에겐 무언가 도둑질이라도 한 것 같은 기분이 엄습해 왔고 아이와 남자는 그곳에서 단번에 한패가 되어 작당을 하게 되었다. 실내로 햇볕이 비쳐 들어왔다. 그러자 그 둘은 실내로 비쳐 든 둥그스름한 햇볕 속에 있게 되었다. 아이를 보았을 때 남자가 느꼈던 것은 단순한 책임감만이 아니라 그 아이를 보호하고 싶다는 마음과 그곳에 두 다리로 일어서서 단숨에 튼튼해져야 된다는 그런 용감함이었다.

남자는 아무도 없는 집에서 갓난아기가 도착할 것에 대비하여 모든 것을 준비해 놓고 목욕을 했다. 마치 힘든 일을 막 끝낸 뒤에 씻는 것처럼 전에 없이 오래 씻었다. 실제로 그때 그는 부수적이지만 목표로서 아른거렸던 자명하고 적법한 일을

아이 이야기

아이 이야기

막 끝낸 기분이었다. 새로 태어난 아이, 잘 마무리된 일, 지난 밤에 잠시나마 느꼈던 아내와의 일체감. 뜨겁게 김이 나는 목욕물 속에서 사지를 쭉 편 남자는 너무 작아서 어쩌면 눈에 띄지도 않겠지만 해야 할 일을 완수한 자신을 처음으로 본 것이다. 그는 밖으로 나왔다. 그곳의 도로들은 이제 내 집처럼 편하게 느껴지는 세계적 도시의 길이었다. 그날, 그 길을 자신을 위해 걸어간다는 것은 하나의 축제였다. 거기에는 또한 내가 지금 누구인지 아무도 모른다는 점도 들어 있다.

그것은 아내와 함께한 생활에서 마지막으로 가져 본 일체감이었다. 아이가 집에 오자 남자는 과거에 어린 동생들을 위해 종종 감시인 역할이나 했던 자신의 답답한 어린 시절로 되돌아가는 것 같은 생각이 들었다. 지난 몇 년 동안 영화관, 죽뻗어 있는 거리를 들락거렸고 그로 인해 현실에 뿌리를 내리지 못하는 기질이 제2의 천성이 되어 버렸다. 그 와중에도 단지 자신의 존재가 모험적이고 말할 만한 가치가 있는 것으로 등장하는 백일몽을 꿀 장소가 있었으면 했다. 그러나 이러한 자유로운 시간 동안 내내 '너는 너의 인생을 변화시켜야 한다.'는 생각이 불꽃처럼 늘 새롭게 피어나지 않았던가? 이제 삶은 불가피하게도 그전과는 완전히 다르게 진행되었다. 그전 같으면 두서너 군데라도 돌아다녔겠지만 이제는 집에 붙잡혀, 밤이면 우는 아이를 몇 시간 동안 집 안 여기저기로 밀고 다니면서 인생은 오래전에 이미 끝나버린 것이라고 무기력하게 생각하게 되었다.

지난 몇 년 동안에도 그는 종종 아내와 뜻이 맞지 않았다. 그렇지만 그는 그녀가 열정을 가지고 있으면서도 주저하며 자신의 일을 해 나가는 모습을—그것은 일을 해 나간다기보다 차라리 마술을 부리는 것 같아서, 일을 하기 위한 그녀의 노력이 옆 사람에게는 보이지 않았다.—지켜보았고 자기가 그녀를 전적으로 책임져야 한다고 생각했다. 그러나 그는 자기들 부부가 서로에게 맞는 상대가 아니며 그들이 함께 사는 것은 위선이라고 생각했다. 또 그건 자기 자신과 한 여인이 한때 가졌던 꿈에 비추어 보면 그야말로 아무것도 아니라고 늘 생각했다. 가끔 그는 마음속으로 이 결혼을 인생의 실수로 저주하기도 했다. 그러나 아이가 생김으로써 간혹 느끼던 서로 간의 불일치는 결정적인 불화가 되어 버렸다. 그들은 제대로 된 남편과 아내였던 적이 한번도 없었던 것처럼 처음부터 부모도 아니었다. 밤중에 잠을 안 자는 아이에게 다가가는 일이 그에게는 당연한 일이었으나 그녀에게는 그렇지 않은 것 같았고 그런 사실 자체가 어느새 악의에 찬 침묵의 이유로, 거의 증오로 작용했다. 그녀는 전문가들의 책과 육아 규칙을 고집했으나 그는 그런 것들이 비록 경험에 따른 것이라 해도 모두 무시했다. 그런 규칙들은 심지어 그와 아이가 나누는 비밀 속으로 허락도 받지 않고 뻔뻔스럽게 끼어들어 그를 격분시켰다. 손톱으로 할퀴기는 하지만 그래도 평화로운 신생아의 얼굴을 유리창 너머로 처음 보고 도대체 뭐가 문제인지 당장 알아차릴 수는 없지 않은가? 그러나 바로 그것이 이제 아내가 끊임없이 해 대는 불평이었다. 그녀는 병원에서 아이를 출산할 때 자신의 눈길을 다른 곳에 뺏겼다고 했다. 옆에서 도와주는 바람에 아이가 태어나는 순간을 놓쳤다는 것이었다. 그래서 그녀는 영구히 무엇인가를 잃어버렸으며 아이의 존재가 실감이 나지 않는다고 했다. 그래서 무언가 잘못할지도 모른다는 두려움이 생겨 낯선 규칙들을 따른다는 것이었다. 남자는 그녀를 이해하지 못했다. 아이는 곧 그녀의 팔에 안기지 않았던가? 또 그녀가 자신보다 능숙하고 더 참을성 있게 그 어린 것을 다루는 것을 보지 않았던가? 그는 희미하게 느껴지는 아이의 맥박을 짚어 보면서 잠깐 동안 자신의 손이 약손 같다고 여기며 행복감에 싸인다. 그러나 잠을 못 자거나 병이 난 어린 생명에게 마술을 부리듯 생명감과 평안함을 전할 수 있다고 생각하다가도 이내 맥이 빠지고 지루해져서 밖으로 나가고 싶다는 생각을 한다. 그러는 동안 그녀는 젖먹이 곁에서 정신을 똑바로 차리고서 참을성 있게 본분을 지키지 않았던가?

이와 같은 상황에서는 외부에서도 거의 적대적인 요소들만 눈에 띄는 것이 법칙인 것 같았다. 예를 들면 아이가 집에 오자마자 맞은편 길가에 소위 '대규모 공사'라는 것이 시작되어 낮이고 밤이고 말뚝 박는 소리가 울려 퍼졌다. 그래서 건설 본부에 편지를 보내는 것이 그 당시 남자의 주요 일거리였지만 건설 본부의 반응은 놀랍게도 "처음으로……." 운운하는 것이었다.

그렇지만 그때 느낀 불쾌함, 고통스러운 답답함과 무력감은 나중에는 일부러 원해야만 생각해 낼 수 있었다. 현재 남아 있는 것 그리고 헤아릴 수 있는 것은 변화시킬 의도 없이 '이

것이 나의 인생이다.'라는 확신을 가지고 승리감에 싸여 되돌아오는 것처럼 기억 속에 새겨진 그때그때의 모습이었다. 그러다 보니 이러한 회상의 빛들은 날짜들을 무심하게 흘려 버린 그 기간에도 영속적이고도 계속 앞으로 나아가게 하는 생존의 에너지를 의미했다. 아내는 곧 일을 다시 시작했고 남편은 시내 여기저기를 오래 산보하면서 아이를 데리고 다녔다. 늘 사람들이 많이 모여 사는 번화가와는 반대 방향에 이제는 낡고 어두운 일정한 모습의 지역들이 있었는데, 마치 전에는 시내 어느 곳에서도 그러지 않았다는 듯 그곳의 땅은 다양한 색깔로 투명하게 들여다보이고 하늘은 도로와 맞닿아 있었다. 인도와 차도 사이에서 유모차를 들어 올리던 이곳이야말로 아이의 출생지이다. 나무 그늘, 세찬 빗소리, 눈이 내릴 듯한 하늘은 한번도 뚜렷한 계절의 구분을 보이지 않았다. 또 '대기 근무 약국'이 독자적이고도 새로운 지역을 형성하고 있었다. 휴일 저녁, 넓게 퍼지는 빛을 받으며 눈보라 속을 단숨에 달려 그곳에 가면 필요한 약을 받을 수 있었다. 어느 겨울 저녁에는 거실에 텔레비전이 켜져 있었다. 그 앞에 남자가 아이와 함께 있었다. 아이는 그의 주위에서 놀다가 마침내 지쳐, 그의 배 위에서 잠이 든다. 배 위에 약간의 무게를 따뜻하게 느끼며 텔레비전을 보는 것이 그 남자에겐 순수한 기쁨인 적이 있었다. 멀리 교외에 있는 텅 빈 고속철도역에서 맞이했던 어느 늦은 오후의 한때가 크리스마스 이브 같은 느낌이 들었다.(그때는 실제로 크리스마스 이브가 임박하기도 했다.) 플랫폼에 홀로 서 있기는 했지만 그 남자는 호기심을 가진 방랑자나 전에 그곳에 살았던 외로운 사람으로 보이는 것이 아니라 가족을 위해 숙소를 찾아 나선 사람처럼 보였다.(실제로도 이사를 하려고 하지 않았던가?) 여느 때와는 달리 유리를 통해 밝은 빛이 들어오는 텅 빈 대기실, 닫혀 있지만 잘 정돈된 매점, 구불구불한 철도 선로들이 자동차 헤드라이트처럼 길게 뻗어 있는 아래쪽 분지에 금방이라도 눈을 뿌릴 듯한 하늘. 그 모든 것들이 그가 집으로 가져오게 될 좋은 이야깃거리인 것이다.

요컨대 그 첫해에 본 삶의 모습은 모두 아이와 연관된 것이지만 또 한편으론 그 모습 중 어느 것도 생생하게 다가오지 않는다. 아이가 실제로 그 순간 어디에 있었던가? 라는 질문은 또한 별로 중요하지 않은 회상에 속한다. 그러나 추억이 달콤하고 추억의 대상이 뚜렷하진 않지만 마치 아치 속에서 오랜 세월을 견디어 온 색감같이, 아이가 자신의 주변에서 안전하게 보호를 받고 있다는 것은 확실하다. 열린 콘크리트 문을 통해 보이는 저 아래 넓은 운동장의 텅 빈 잔디 위로 시선이 따라간다. 겨울임에도 불구하고 하얀 입김이 관람석 층계 위 여기저기에 피어오르는 그 운동장엔 조명 아래의 잔디가 신선한 초록빛으로 자라고 유명한 외국 선수 팀이 친선 경기를 하느라 달릴 것이다. 혹은 버스가 달림에 따라 노선 버스의 지붕에서 흘러내린 빗물에 젖은 정면 유리창을 통해 다양하게 변화되는 도시의 색채들 위로 시선이 따라간다. 평소에는 혼란스럽던 거리가 비로소 다정한 도시의 모습으로 바뀐다. 기억 속에서는 남편과 아내가 둘이서만 살았던 기간까지도 아이와 함께 있었던 기간에 포함된다. 그들 둘에 관한 상상은 어느 화가가 그린 한 젊은이의 모습과 같았다. 그는 머리를 숙이고 무언가를 기다리듯 두 손을 엉덩이에 댄 채 해안에 서 있었다. 그 젊은이 뒤로는 밝은 하늘 외에는 아무것도 없었지만 구부린 두 팔에는 뚜렷한 회전과 반사광선이 그려져 있어서 그의 모습은 옛날 그림에서 보곤 하는 날개 달린 망령과 흡사했다. 남자는 나중에 자기 자신과 아내가 그런 식으로 찍힌 사진을 본 적이 있었는데 그들 사이의 텅 빈 공허함은 마치 아직 태어나지 않은 아이를 독촉하는 것 같았다.

그 첫해에 결정적인 것은 화합이 아니라 갈등이었다. 그것은 특히 당시에 일어난 사건들을 통해 분명해졌다. 전래되어 오던 삶의 형식들은 대부분의 세대들에겐 '죽은 것'이 되어 버렸다. 그리고 새로 생겨나는 삶의 형식들은 더 이상 외적인 질서에 끼워 맞춰지지 않았지만 보편적인 규범이라는 강제성을 지니고 있었다. 전에는 방에서, 거리에서 혹은 극장에서 끈질기게도 혼자서만 있을 거라고 상상할 수 있었던 가장 가까운 친구는 (그 친구는 다른 사람 주변에 항상 그렇게 가깝게 있었다.) 갑자기 여러 사람과 함께 살았고, 많은 사람들과 팔짱을 끼고 변화가를 걸어 다녔으며 전에는 고통스러울 정도로 말이 없었는데 이젠 혀를 나불대며 모두에 대한 평판을 이야기했고, 한동안 자기의 직업 때문에 우스꽝스럽게도 자신을 '그런 부류의 직업을 가진 마지막 사람'으로 생각하면서 자신만을 위해 홀로 존재하기를 거부했다. 아이는 그에게 일거리로, 마치 현실적인 세상 일을 피하고자 하는 핑곗거리로 여겨졌다. 왜냐하면 그에게 아이나 일거리가 없다 할지라도 처음부터 자신을 이런 행동을 하는 사람으로 인정할 의지도, 능력도 없었다는 사실을 알고 있었기 때문이었다. 그래서 그는 크게 마음을 끌지도 않는 한두 모임에 참석했다. 그런 곳에 참석한 사람들의 주장은 정신을 죽이는 엉터리 수작이었으며, 그는 집으로 돌아오면서 그들의 입을 막아 버리려고 준비한 열변을 항상 혼자서 토해 냈다. 시위에 가담한 적도 있었지만 몇 걸음 다가가다가는 다시 그만두었다. 새로운 공동생활에서 그가 주로 느꼈던 감정은 현실감이 없다는 것이었고 이전의 공동생활에서 느꼈던 것보다 더 고통스러움을 느꼈다. 예전의 공동생활은 미래에 대한 판타지를 가능하게 했다. 그러나 새로운 공동생활은 그 자체가 유일한 가능성으로, 어찌해 볼 수 없는 미래로 등장했다. 말하자면 도시라는 것이 변화의 주요 무대였기 때문에 새로운 공동생활을 피할 길은 없었다. 어쩌면 바로 그 우유부단함 때문에 그는 공동사회의 일원이 되었는지 모른다. 오래전부터 그는 공동사회에서 다른 적대적인 힘을 인식했었다. 그리고 예전부터 공동사회가 투쟁했던 대상은 또한 그에게도 적이었기 때문에 공동사회를 분명하게 배신하진 못했다. 그래서 그는 아쉬우나마 곧 자신에게로 돌아갔다. 그러나 사람들이 혼자서 또는 몇몇이서 날마다 시내에 나오는 길에 끊임없이 그의 집을 방문했다. 다른 조직으로부터 온 그 침입자들이 (그 남자가 본 대로) 거실에 있는 아이에게 보내곤 했던 배려하는 듯한 시선을 결코 잊어서는 안 될 것이다!—만약 그들이 도대체 아이가 있다는 것을 제대로 알기나 했더라면. 특별한 의도가 없었더라도 그 시선은 그곳에 누워 있는 존재와 그 존재의 의미 없는 옹알이와 움직임에 대한 모욕이었으며 사소한 일상사에 대한 경멸을 의미했다. 그 시선에 공감하면서도 분노가 일어났다. 그것은 갈등이었다. 애초부터 낯선 사람들에게 (결코 '이 집에 들어와서는 안 될 사람들인' 그들에게) 나가라고 문을 가리키는 것이 아니라, 그는 대개 그들과 함께 집에서 나와——마치 그들이 집에 있다면 어린애에게서 숨 쉬는 공기를 빼앗아 가는 것처럼——그들의 숙소로 갔다. 그러고는 전원이 켜져 있는 텔레비전 앞에서 헤드폰을 끼고 밤새도록 앉아 있거나 혹은 그네들끼리 나누는 공식적인 대화를 항상 듣기만 했다. 거기에선 음모의 뉘앙스가 풍겼다. 그런 대화에서는 멋대로 하는 말이나 혼잣말이 모두 다 말썽의 소지가 될 수도 있었을 것이다. 두 경우에 다 죄의식과 패덕감이 들어 있다. 왜냐하면 그는 때때로 진실을 안다고 확신하고 그 진실을 계속 전달해야 한다는 의무감에 싸여 있었으면서도 거기에 함께 있다는 것만으로 그들의 위선적인 삶 속에 자기와 같이 부자연스러운 사람도 있다는 것을 보여 주었기 때문이다.

친구들도 없는 시간이 되었다. 자신의 아내까지도 낯선 이방인이 되어 버린 시간. 그런 만큼 아이는 더 현실감 있게 다가왔으며 남자는 밖에서 시간을 보낸 것을 후회하며 번번이 아이가 있는 집으로 서둘러 달려왔다. 그는 어두워진 방에서 천천히 침대로 갔다. 그러면서 마치 기념비적인 영화에서 그리는 것처럼 자신을 위에서, 뒤에서 본다. 여기가 그가 있을 곳이다. 모든 그릇된 모임에 대한 수치감, 내가 나에게만 속한다는 것을 비겁하게도 계속 부인하고 침묵해 온 것에 대한 수치감! 너희들의 세상사에 내가 열중했던 것에 대한 수치감! 그럼으로써 그에게 확실해진 것은 옛날부터 자기와 같은 사람들에게는 다른 세상사가 가치가 있다는 사실이었다. 그는 그 당시 잠자는 아이의 모습에서 그 다른 세상사를 보았다. 그러나 기억 속에는 따뜻한 방을 지나 저 아래 밤거리에 있는 경찰대의 일사분란한 공격 외침이 대각선을 이루며 자리하고 있었다. 그 외침은 결코 들어 보지 못했던 비인간적이고 지옥 같은 것이었다.

이 모든 것이 아이의 이야기에 보탬이 되었다. 그 밖의 일화들은 제외하고라도 아이가 기뻐할 수 있었고 민감했다는 것이 그 남자에게는 나중에도 특별한 것으로 남아 있었다.

2

아이를 집에 데려오면서부터 남자는 결심하라는 요구를 받기 시작했다. 늘 그렇지만 무언가를 결심하기까지는 오랜 시간이 걸렸다. 그러나 다음 해 겨울 그 결심을 하게 되었을 때 그것은 피할 수 없는 강박관념이 되었다. 그래서 남자는 셋이서 한동안 다른 나라로 가면 어떨까 하는 생각을 하면서 아내와 아이를 둘 다 가족으로 여기며 지냈다.(사실 그에게 가족이란 '끔찍한 것'이었다.)

텅 빈 부엌의 하얀 에나멜이 동경하는 도시를 비추는 삼월 어느 찬란한 날, 창문 앞에서부터 저 멀리까지 많은 사람들이 찬탄하는 지붕의 단면들이 층층이 펼쳐지고 있었다. 전등 스위치에 붙여진 새로운 금제 부속품들이 번쩍이고 혼수로 가져온 가전제품들은 너무 약한 전압 때문에 작동하지도 않은 채 윙윙거리는 소리만 내고 있다. 그건 단순한 의미의 이사가 아니라 아이를 위해서도 유일하게 최적의 장소라고 생각되어 옮긴 것이었다. 발코니 문 앞에 있는 식탁엔 어디에도 없었던 것 같은 저녁과 아침이 있었고 그들은 약간 불안해하면서도 당당하게 첫 식사를 하며 함께 새로운 삶을 시작했다.

도시는 전에 잠깐 와서 보았던 수도(首都)와는 아주 다르게 보였다. 영화관, 커피숍, 번화가로 확장되지 않고 전에 보았던 어떤 구역보다 더 좁은 구역에 한정되어 약국, 셀프서비스 가게, 자동 세탁소 같은 것들만 모여 있었다. 도시 전체의 넓은 공터이자 나무와 집으로 그늘이 진 곳에 거주 지역이 들어서 있었다. 아이를 팔에 안고 매일 외출할 때 보면 그곳에선 묵직한 쇠 난간이 끊임없이 서로 부딪치며 '꽝' 하는 소리를 냈고, 시간이 지나면서 개똥으로 얼룩지고 모래투성이의 먼지가 휘날리는 독특한 지역으로 변하고 있었다. 유일하게 더 먼 곳으로, 도시 동쪽과 서쪽으로 지하철을 타고 오래 가면 공원 숲에 도착했다. 도시 동쪽의 정방형 숲에는 긴 의자들뿐만 아니라 노점상과 회전목마가 있었다. 그곳은 시내 순환도로 저편에 있었다. 매일 오후마다 집에서 나와 좁은 길을 걸어서 왔다 갔다 했는데 그 길에는 정적과 소음, 침침함과 회색빛 섬광, 소나기와 건조한 기후 등이 번갈아 가며 다양한 모습을 띠곤 했다.(바다가 멀지 않은 곳에 있었다.) 또한 긴 다리 하나가 가로놓여 있었으며 깊은 협곡 바로 아래에는 큰 정거장으로부터 벌채가 잘된 거대한 나무숲으로 난 길에 이르기까지 수많은 레일들이 뻗어 있었다. 지평선의 곡선은 집들이 서 있는 가파른 강변 사이에서 푹 꺼졌고 뭉글뭉글 피어오르는 수증기와 장거리행 열차가 달리는 소리로 인해 그 뒤에 대서양이 있다는 것을 느낄 수 있었다. 거의 날마다 아이를 안고 이 길을 산보하다 보니 아이는 더 이상 안겨서 가는 것을 싫어했고 어른을 따라 같이 걸어갔다. 오후만 되면 매일같이 산보를 계속하다 보니 바티뇰 광장이라는 단어는 남자에게 이름만으로도 아이와 함께 기억 속에 남은 영원한 지명이 되었다.

어느 봄날 저녁에 그는 아이를 '저 위쪽'이라고 불리는 어느 모래밭에서 본다. 아이는 아직 걷지 못하는 또래들 속에서 혼자 놀고 있다. 아이들 위에 드리워져 있는 나뭇잎에는 황혼의 분위기가 가득했다. 공기는 온화하며 맑았고, 그런 공기 속에서 개개의 얼굴들과 손들은 특히 밝게 보인다. 그는 빨간 옷을 입은 아이에게 몸을 굽힌다. 그 여자 아이는 그를 알아본다. 그 애는 웃지 않았으나 그 애에게서는 광채가 난다. 그 애는 다른 사람들과 있는 것을 싫어하는 것은 아니지만 그의 피붙이였고 오래전부터 그를 기다리고 있었다. 이제 남자에게는 그 애의 아이 같은 모습 뒤에 있는, 명민하면서도 모든 것을 아는 듯한 얼굴이 태어날 때보다 더욱 또렷하게 다시 보였다. 그는 어리지만 고요한 눈에서 순간적으로 나오는 영원한 우정의 시선을 맞아들인다. 그건 옆으로 걸어가려 할 때나 울 때 나오는 시선 같은 것이다.

나중에 봄이 되었을 때, 아이는 혼자 회전목마 위에 앉아 있었다. 그 목마의 가장자리에는 모래톱에서처럼 하얀 거품이 일었다. 이제 막 비가 그쳤다. 한번 밀자 회전목마는 움직이기 시작했다. 아이는 남자와 멀리 떨어지자 잠시 그를 올려 다보고는 목마가 돌자 곧 잊어버리고 다른 것에 더 이상 눈을 주지 않았다. 남자는 나중에 그 순간을 떠올림으로써 자신의 어린 시절의 한 순간을 회상했다. 그때 그는 좁은 방에 어머니 와 함께 있기는 했지만 가슴이 미어지는 듯한, 마치 하늘에까 지 닿도록 소리 지르고픈 먼 거리감을 느꼈었다. 그곳에 있던 어머니가 바로 이곳에 있는 나와 같지 않겠는가? 열중해서 돌 고 있는 아이를 태운 회전목마를 보고 있는 시선은 그때와는 정반대의 시선인 것이다. 그의 어린 딸이 처음으로 거기 서 있 는 아버지로부터 독립된 독자적인 존재로 보인 것이다. 또한 그런 자유를 누리며 강해져야지! 두 사람 사이의 공간에는 왠 지 득의양양함 같은 것이 빛난다. 남자는 자기 자신과 목마를 탄 조그만 아이를 모범적인 시선으로 바라본다. 그들 뒤로 광 장의 작은 인공 폭포가 기운차게 소리를 내며 떨어지고 있었 다. 소망한다는 것은 가능할 것이다. 또한 소망하는 것에 시한 (時限)을 두어야 한다는 의식도 가능하리라. 근데 그런 의식은 그들이 서로 다르다는 것을 생각할 수 없었던 예전과는 다르 게 고통스럽게 느껴졌다.

그해 가을, 아이가 걸을 수 있게 되었을 때 그들은 둘이서 자주 지하철을 타고 교외로 나갔다. 아이는 눈을 감은 채 움 직이지도 않고 앉아 있었고 차가 역으로 들어갈 때는 눈을 잠 깐 가늘게 떴다. 시월의 어느 따뜻한 날, 남자는 나무들이 살 랑대는 공원 숲의 야외 잔디에 누워 책을 읽고 있었다. 가까 이에서 놀던 아이가 시야로부터 벗어나더니 다시는 돌아오지 않는다. 눈을 들어 보니 아이는 벌써 멀리 나무들 사이로 걸어가고 있었다. 그는 곧 아이를 뒤쫓아 갔다. 그러나 아이를 부르지 않고 어느 정도 거리를 둔 채 따라갔다. 아이는 길이 아닌데도 계속 똑바로 걸어갔다. 둘 사이에는 개를 데리고 나온 산보객들이 자꾸만 끼어들었고 그 개들 중 한 마리가 달리면서 아이를 밀쳐 넘어뜨린다. 아이는 이내 일어서더니 그 개한테는 눈길도 주지 않고 가던 방향으로 계속 걸어간다. 거의 흐르지 않는 물이 바람에 날려 온 나뭇잎들로 덮여, 검은색을 띠고 있는 수로에는 마침 칠면조 두 마리가 짝을 이루고 있다가 숫놈이 옆쪽으로 비틀비틀하더니 무릎이 푹 꺾이며 땅에 쓰러졌다. 아이는 멈추지 않고 걸어간다. 아이의 걸음걸이는 빨라지지도 느려지지도 않는다. 아이는 한번도 주위를 둘러보지 않고 머리도 한번 돌리지 않는다. 전 같으면 몇 걸음만 걸어도 피곤하다고 자주 그랬었는데 지금은 도무지 피곤하게 보이지도 않는다. 둘은 일정한 거리를 유지한 채 자그마한 덤불숲이 있는 강가 언덕 지대를 넘어간다. 그곳에선 벌써 가까운 강에서 불어오는 바람이 느껴진다. (훨씬 후에 아이는 덤불숲이 있는 강가 언덕에선 천국을 생각한다고 그 남자에게 이야기했다.) 그곳엔 낙엽 아래 썩은 나무가 잔뜩 쌓여 있어 아이는 이리저리 비틀거리면서도 가던 방향에서 벗어나지 않았다. 공원에는 제각각 다른 길을 가고 있는 것처럼 보이는 많은 사람들이 있었다. 가까운 경마장에서는 결승 커브 길을 도는 선수를 향해 관중들이 내지르는 환호 소리가 들려왔다. 남자에게는 마치 그들 두 사람이 거인이라도 되어 머리와 어깨가 나무 꼭대기만큼이나 높아져서 마주 오고 있는 사람들의 눈에는 띄지도 않는 것 같았다. 그들은 그가 지금까지 살아오면서 인간의 감각 뒤에, 위에, 또 사이에 존재하는 진정한 힘이라고 생각했었던 동화 속의 인물이 된 것이다. 강이 보이자 아이는 멈추어서서 두 손을 뒤로 하고 있었다. 그곳에서 멀지 않은 언덕진 잔디에 어른 한 사람과 아이 한 명이 마치 그들의 대리인이거나 제2의 인물인 듯이 아이스크림을 먹으며 앉아 있었다. 강물은 반짝거리는 둥근 얼음덩이와 그 빛을 받아 희미하게 빛나는 아이의 목덜미 선을 따라 흐르고 있었다. 폐쇄된 수영장의 목재 탈의실이 강물 속에 반쯤 가라앉아 있었다. 강물 저편 서쪽에 촘촘하게 경작된 언덕 지대 중간쯤에는 교외선들이 오렌지색, 하얀색, 보라색으로 끊임없이 미끄러지듯 지나갔다. 해가 지고 있는 하늘은 은빛이고 나뭇잎들과 나뭇가지전체가 멀리 허공 속으로 소용돌이치고 있었다. 아래쪽 강변숲은 앞에 있는 아이의 짧은 머리카락과 기막힌 조화를 이루며 휘날리고 있다. 그 모습을 보는 남자는 축복을 되뇌이며 이내 진지한 기분이 된다. 남자는 모든 신비스러운 순간에는 보편적인 법칙이 있다는 것을 안다. 그 법칙의 형식을 드러나게한다면 합당한 형식에 따라 보편적인 법칙이 통용된다는 것을 그는 안다. 그리고 그는 또한 그와 같은 순간에 알맞는 형식을 찾아내고자 자유롭게 생각하는 것이 인간이 하는 일 중가장 어려운 일이라는 것도 안다. 그는 아이를 불렀다. 아이는놀라지도 않고 마치 언제나 따라다니는 감시인에게 하듯 그에게 몸을 돌렸다.

이런 시간 속에서도 그와 아내의 관계는 기껏해야 그저 남보듯 하는 상태였다. 그리고 각자의 생각 속에서는 대부분 그저 '그 남자'와 '그 여자'로 존재할 뿐이었다. 그전에는 그녀가 일하는 모습을 멀리서 관찰할 때나 여행할 때, 혹은 고급 레스토랑에 있는 그녀를 보면 그녀에겐 항상 건드릴 수 없는 광채가 났었다. 그것이 남자에게는 한 여자에게서 고대하는 이상적 모습이 되었다. 오직 그것 때문에 그는 그녀를 '자기의 아내'로 볼 수 있었고 마치 선택받은 사람처럼 그 사실에 대해 열광했고 고마워하며 숭배했다. 이제 그녀는 어린아이를 키우면서부터 옹색해진 살림살이 속에서만 그와 마주쳤다. 그런 상황에서는 그에게 그녀의 모습이란 아무래도 상관없었고 시간이 지남에 따라 싫어지기까지 했다. 마치 전에는 그가 하는 독자적인 일 때문에 '그녀의 영웅'이었지만 이제 더 이상 그렇지 않고 그녀를 위해 특별히 존재하는 것마저도 그만둔 것처럼 말이다. 전화 통화를 할 때도 누군지 안다거나 기대한다는 낌새 한번 없었다. 마치 '항상 여기로 전화하는' 누군가 다른 사람에게 하듯 대꾸했다. 남자 편에서도 역시 태만해졌다. 세월이 지나면서 그는 아내와 나누었던 가장 다정하고, 가장 친밀하고, 가장 은밀한 동작과 말없이 가만히 이름을 부르곤 하던 행위를 깊은 생각이나 망설임 없이 아이에게로 옮겨 했고 나중에는 그만큼 아내의 존재를 비하해 버렸다. 마치 아이야말로 자기에게 합당한 존재이고 이제 아내 따윈 더 이상 필요하지 않은 것처럼 행동했던 것이다. 그는 심지어 자기가 아내의 아이를 단순히 '떠맡았다'고 생각했다. 그러나 그것은 그의

'행운'이라고 할 수 있었다. (오늘날 수많은 '젊은 엄마들'은 그에겐 아무래도 '위선자'로, 심지어 잠재적인 '살인자'로 보였다.)

그럼에도 그는 아내 없이 돌볼 것 투성이인 아이와 단둘이 사는 것은 생각할 수 없었다. 그녀가 부재중일 때에는 그가 아내를 대신했지만 아무래도 그는 아이를 돌보는 데는 서툴렀으며 아내가 다시 아이를 돌보는 의무를 맡을 때까지 남은 날짜를 헤아렸다. 그의 편에서는 전처럼 그녀를 위해 배려했다. 그는 진정으로 그녀를 보호했으며 그가 없었다면 그녀는 파멸했을지도 모른다.

그해, 그의 일 가운데 눈앞에 아른거리던 큰일은 당분간 연기되었다. 물론 그가 그 일로부터 하루도 눈을 떼진 않았지만 그가 할 수 있었던 작은 일들이 우선은 그를 전적으로 만족시켰다. 그 작은 일에도 모두 그의 특징이 들어 있었으니 말이다.

3

아이란 도시의 소란스러움에서 벗어나 아파트가 아닌 단독 주택에서 바깥 바람을 쏘이면서 자라게 해야 한다는 것이 그의 기본적인 생각이었다. 바로 그 때문에 다음 해 초에 귀향을 했다. 그건 자신의 모국어가 쓰이는 지역으로 되돌아오는 것이었기에 적잖이 즐거운 일이었다. 나중에 봄이 되었을 때에야 토지가 구해졌다. 넓게 뻗어 있는 숲의 허리께에 있는 땅이었다. 그곳에선 낮이건 밤이건 간에 가까이 있는 수도(首都)에서 비쳐 오는 빛이 땅과 허공 사이에서 어른거려, 수평선이 보이지 않는 강 표면을 볼 수 있었다. 아내는 집과 관계된 거의 모든 일에 신경을 썼다. 남편은 늦여름에 건물의 뼈대가 세워졌을 때에야 비로소 그 지역을 보았다. 그는 건물의 뼈대를 불안한 느낌으로 바라보았다. 앞으로 걸리적대는 것 없이 살게 되리라는 점 때문에 즐거운 기분도 없지는 않았지만 집을, 더구나 지금까지 사람이 살지 않던 자연 속에다 신축한다는 것은 오늘날 더 이상 정당하다고 할 수 없다는 그런 감정이 들었다.

입주할 수 있을 때까지 남은 기간을 그들은 시내에 사는 친구네 부부 집에서 보내게 되었다. 그곳에서 그들은 처음으로 넓은 공간을 점유한 한 층에서 다른 사람들과 함께 살았으며 전에 익혔던 공동체 의식으로 매일 지내다 보니 쉽사리 마음이 상하고 고집이 센 남자에게도 공동생활이 마침내 자연스러운 것이 되었다. 그 밖에도 그는 자기가 하는 일에 대해 누구나 다 공감하는 것은 아니라는 사실에 익숙하게 되었다. 지레 분노에 차 공감해 줄 것을 기대하다가는 경시하는 낌새가 보이기 무섭게 자신의 내면 세계로 물러났지만 그는 그곳에서 자신이 노력한 결과를 존중할 뿐만 아니라 노력 자체에 끊임없는 주의를 기울이는 것도 배웠다. 이제 그가 속마음을 털어놓을 수 있는 많은 사람들은 그가 작업하는 것을 돕기까지 했다. 지금까지 그래 왔던 것처럼 그가 작업을 할 때 자신들의 잡다한 일을 제쳐 놓는 것은 아니지만 그런 일보다는 그의 요구를 먼저 들어주었다. 그런 요구들은——특히 항상 함께 있는 아이로 인해——작품의 이미지들로 변했다. 그 아름다운 가을, 아이는 더 이상 누군가를 특별히 따르지 않고 이 사람 저 사람에게로 옮아가면서 조정자의 역할을 했으며 이 방 저 방에 일치된 한마음이 생겨나게 했다. 아이의 얼굴에서 보이는 평온한 엄격함, 그건 아이의 모습을 이상으로 삼는 관찰자의 의식에 하나의 충격이 아니겠는가? 저녁마다 타원형의 긴 식탁, 창문 앞쪽 광장 위를 다니는 전차의 날카로운 소리, 그리고 '추어 트람웨이케레(Zur Tramwaykehre)'[1]란 음식점의 네온 사인 간판 글씨.

그러나 집이 완공될 시간은 지연되었고 친구네 집에서 함께 사는 생활도 예정된 시간을 훨씬 넘어서까지 지속될 수밖에 없었다. 이제 처음의 상황이 다시 벌어졌다. 친구는 다시 집주인으로 되돌아갔고 더부살이하는 사람들은 그들의 손님일 뿐이었다. 그들 모두는 이사할 날만 고대했다.

집주인은 아이를 낳지 않기로 한 부부였다. 그 친구 부인이 아이를 돌봐 주기도 했는데 아이가 그 집에서 놀다 온 후에는 시간의 흐름에 따라 그들 부부 사이에 생겨나서 그들의 삶에서 중요하게 여겨진 취미, 냄새 그리고 촉감 등을 위협했다. 그들은 이제 더 이상 보통 때처럼 함께 있을 수 없었고 서로 불안해했다. 그들에게 낯선 아이는 평화를 깨뜨릴 뿐 아니라 그들의 세계관에도 어긋났다. 남자는, 지겨워하면서 싫증 내거나 평온을 침해당해 흥미 없어하는 많은 시선들이 자기 아이에게 쏟아지는 것을 이미 보았다. 어쩌면 그 자신도 그런 시선을 보낸 사람이었는지 모른다. 그렇지만 아무리 경직된 얼굴을 한 사람이라도 아이 없이 사는 부부처럼 그렇게 무자비한 눈길을 보낸 사람은 없었으며 그처럼 냉랭하게 눈을 깜박거린

---

1) 독일어로 '전찻길로'라는 뜻.

사람도 없었다. 그것은 자신의 부당함을 의식하면서도 모든 선한 의지가 끝에 가서는 인간들의 강력하고도 뻔뻔스러운 권리에 반(反)할 수밖에 없다는, 제어할 수 없는 분노에 찬 시선이었다. 그러나 그들은 물론 아이에게 그렇게 심하게 굴지는 못했고 기껏해야 매일매일 더 나지막이, 더 무관심하게 아이와 말을 했다. 그리고 부모가 아이 교육을 잘못 시킨다고 점점 더 비판을 가함으로써 자신들의 분노를 눈치채도록 했다.(그렇게 비판할 이유는 늘 있었다.) 그들의 비판이나 말 없는 비난 역시 남자에게는 너무나 당연하면서도 냉혹하고, 비틀리고 주제넘게 보였다.

나중에도 그는 독신자든 부부든 간에 아이를 안 낳고 사는 사람들에게서 훨씬 더 심한 경우를 자주 겪어야 했다. 그들은 대개 눈초리가 매서웠으며 저 혼자 끔찍한 결벽증에 걸려 살면서 전문적인 독일어로 말하곤 했다. 근데 그렇게 말하는 것은 어른과 아이 사이의 관계에서 잘못된 것이었다. 그들 가운데는 그와 같이 날카로운 통찰력을 심지어 직업 의식처럼 발휘하는 자도 많았다. 그들은 자기만의 소년 시절에, 또 계속되는 유아성에 빠져 있다가 기괴하게 자란 괴물처럼 가까이에서 모습을 드러냈기 때문에 그들의 내면에 들어 있는, 가재의 집게발처럼 쫙 펼쳐진 악의에 찬 건방진 태도들을 가슴으로 받아들이려면 상대방으로서는 매번 오랜 시간이 필요했다. 그는 이렇게 자만심에 찬 소인배 예언자들을 현대의 쓰레기라고 저주했고 그들 앞에서 머리를 꼿꼿이 들고는 그들과는 영원히 잘 지내지 않겠다고 맹세했다. 고대의 극작가에게서 그는 그들에게 딱 들어맞는 비난의 구절을 발견했다. "아이들은 모든 인간에게 영혼이다. 이것을 체험하지 못한 자는, 비록 별로 고통을 당하지 않더라도, 그 편안함은 온당치 못한 행복이다." (아이가 없어도 선량하고 호의 있는 많은 다른 사람들이 보여 주는 슬픔과 관심은 물론 경우가 다르다.)

그래서 이름도 없는 곳에 새로 생긴 집과 또 비슷한 모습으로 서 있는 근처의 새 가옥들이 불만스럽긴 했지만 친구네 집에 오래 머물다 보니 가을이 끝나갈 즈음 마침내 내 집으로 이사 갈 수 있다는 것은 다름 아닌 평온과 질서 속으로 돌아감을 의미했다.

그럼에도 친구네 집에서 함께 살던 기간은 우리끼리 살았던 때보다 덜 무미건조한 관계를 맺으며 살았던 생활의 한 예로서 뚜렷하게 남아 있다. 이제 혼자 있을 때면 대담한 비상(飛翔)이 가능하다. 이런 비상이 없으면 날마다 필요한 세계의 크기가 머릿속에 들어오지 않고 또한 그 비상에 뒤따라오는, 고독과 비현실 속으로 빠져들지 못하게 되는 경우가 종종 있기 마련이다. 그곳에선 포착할 수 있는 사물도, 언어도 더 이상 존재하지 않는다. 아이도 더 이상 저 혼자가 전부인 것처럼 나를 괴롭히며 가까이 있는 것이 아니라 적당히 떨어져서 '사람들 가운데 하나'가 되었기 때문에 아이에 대한 걱정도 적어진다. 그리고 아이 자신도 자기가 제멋대로 나가는 것을 막을 의무가 있는, 대단한 힘을 가진 인물들인 부모에게만 매달리는 경향에서 벗어난다. 보다 넓어진 세상에서는 모든 사람들이 더욱 작게 보였고, 그들이 누구이든, 또 그들이 얼마나 부주의하고 서툴든 간에 단순히 스쳐 지나가는 존재로서 유희의 대상이 되었다. 그 몇 달 동안에는 그저 모든 것이 자연스러웠다. 미친 듯이 바쁜 일상과 긴장을 푸는 휴일 저녁, 자유롭게 생각하면서 자기 자신에게 침잠하는 것과 틀에 꽉 짜여 있지 않은 채 몰두하는 것 사이의 균형. 몇 번인가 해변가에 잠깐 머물렀을 때를 제외하고는 아이에게 결코 할애할 수 없었던 낮과 밤으로 그 몇 달을 지냈다.

십일월의 어느 어두운 날, 거의 난방도 되지 않은 신축 건물에서 그나마 거실에 처음으로 단 등(燈)이 빛나고 있다. 나중에도 그 집으로 이사했다는 기분이 결코 들지 않았다. 왜냐하면 집은 오랫동안 완공되지 않은 채로 있었고 옛날에 집을 지을 때와는 달리 큰 기대나 결단 없이 그냥 대충 지어졌기 때문이었다. 마치 우연한 기회에 유용한 집기를 사들이는 것처럼 말이다. 더군다나 그 남자는 그 집의 건축에 거의 관여하지 않았다. 옛날에 그의 부모가 집을 지을 때에는 두 사람이 공동으로 매우 정력적으로 일하지 않으면 안 되었기에 건축 기간이 여러 가지 생생한 그림들과 맞물려 추억 속에 남아 있었겠지만 말이다. 또한 여기에서는 사람들이 지역 정당이 주선하는 모임이 있을 때만 모였다. 그런 모임에서는 새 지역 주민들에게 그들 주거지 옆으로 고속도로를 낸다든지, 만성적인 식수 부족이라든지, 또는 학교가 멀리 떨어져 있다든지

하는 등의 불평들이 몇 마디 위로의 말과 함께 상세히 설명되었다. 어쨌든 그 남자는 지금껏 한번도 '내 집'으로, 또는 '우리 동네'로 간다고 느낀 적이 없었지만 그 겨울밤엔 불가사의하게도 세계에 대한 믿음으로 가득 차 집으로 갔다. 이 년 전그가 집을 구하러 왔던 고속철도역엔 눈이 내릴 것 같았는데지금은 정말 눈송이가 떨어졌다. 어둠 속에서 가만히 와 닿는눈송이들, 거주지의 골목길 커브에서 회오리치는 눈보라, 위쪽숲 가장자리에서 윙윙대는 소리. 별 의도 없이 그는 여러 가지그림을 그려 본다. 그러자 숲을 배경으로 한 지역에는 눈 내리는 밤이기에 처음으로 형태를 드러낸 정육면체의 평평한 지붕들이 보인다. 무언가 자유로운 것, 비밀스러운 것, 태곳적인 것을 향해 골목길들이 새로 나 있었다.

이어 다가온 늦겨울, 이사한 지 두어 달 만에 아내는 그만두었던 직업을 새로 시작하기 위해 집을 나갔다. 몇 년 전에한 번 가출했던 것을 반복했다. 그러니까 과거의 가출을 비로소 실현한 것이었던가? 가출은 상황에 맞는 것이었고 진정한별거가 아니었다. 그녀는 처음으로 전보다 더 오래 집을 비운후에 자주—그렇다고 방문 형식이 아니라—아이에게로 되돌아왔다. 그러나 중요한 건 이제 그 남자가 아이와 함께 남아 있다는 사실이었다. 다시 불화. 그는 그녀가 옳다고 생각하긴 했지만 그녀의 행위를 비난했다. 어떻게 한 인간이 자기의천부적인 취미를 살리겠다고 자기 아이를 떠날 수 있었을까?'아이'에 대한 의무는 이러쿵저러쿵 질문 따위가 있어서는 안 되는 자연스러운 것, 명백한 것, 분명한 것이 아니었던가? 자명한 것을 부인하고 구속력 있는 유일한 현실을 부인함으로써 얻게 된 업적은 그것이 아무리 놀라운 것일지라도 처음부터 불명예스럽고 무가치한 것이 아니었던가? 물론 그는 자기가 글 쓰는 일을 하기 때문에 더 나은 입장에 있다는 것을 알고 있었다. 그는 일을 하기 위해 대부분의 사람들처럼 출근할 필요가 없었기에 이상적인 경우의 영역이 반대 영역에 활기를 주었다.

아이와 함께 있게 된 후 처음 얼마 동안에는 이미 시작했던 일거리가 매일매일 진전되는 행운이 있었다. 아내가 집을 나간 바로 그날 정오, 아이가 잠든 동안 남자는 미친 듯이 자기 일에 매달렸다. 글 쓰는 행위야말로 세상사를 적대시하며 승리감에 싸여 계속 일하게 된 동기였다. (그날의 '계속하자!'라는 표어는 나중에도 곧잘 그의 비밀스러운 슬로건이 되었다.)

일 때문에 벽으로 둘러싸인 방 안에 있으면서도 끊임없이 '밖'에 대해, '야외'에 대해 생각했었는데 그 일이 끝나자 아이와 함께 있던 집은 그전보다도 더 폐쇄적이고 적막한 것 같았다. 그런 느낌과 함께 고독감이 밀려왔다. 그 고독감의 그림 속에는 물론 또 한 사람, 즉 혼자 놀고 있는 아이가 나타난다. 방 안에서 빈둥거리며 뻣뻣하게 혼자 서 있는 남자, 헝클어진 머리, 웅크린 어깨, 맨발만 보더라도 한 편의 '운명 비극'에서나 느낄 수 있는 참담함과 절망감이 밀려든다. 한편 아이는 실제로 (그것은 나중에 확실하게 되었지만) 그전 생활과의 차이를 거의 느끼지 못했다. 아이는 경우에 따라 부모 중의 어느 한 쪽이 자기를 돌봐 주는 것에 어느새 익숙해졌던 것이다. 아이는 나중에 단정적으로 말했다. "두 사람 중 한 사람이라도 있다는 것이 중요해요."

어찌할 바를 몰랐던 그 몇 주일 동안 미래에 대해서는 생각조차 할 수 없었지만 그렇다고 어딘가 과거로 되돌아가고 싶다는 소망도 없었다. 일어난 사건을 어떻게 해도 돌이킬 수 없다는 것을 알게 되었고, 그럼으로써 남자에겐 어린애와 함께 사는 날들이 전과는 다르게 더 이상 잠정적인 기간이 아닌 상태로 흘러갔다. 그는 날짜가 며칠이나 지나갔는지 헤아렸지만 이제는 외부 사람에게 도움을 청해서는 안 된다는 걸 염두에 두고 헤아렸다. 이제 그만이, 정말이지 그만이 필요하다는 것은 의심의 여지가 없었다. 그러니까 '전쟁 전처럼'(그는 우연히 그렇게 생각한 적이 있었다.) 방해받지 않고 자기 속에 침잠해 있으면서 늘 하는 식으로 그냥 아이와 함께한다는 건 불가능했다. 정말이지, 내면에서 일어나는 사건들의 진행은——즉, 백일몽을 마음대로 펼치는 것은——완전히 엉망진창이 되어 버렸다. 그전 같으면 이처럼 심각한 상황을 게으르고 한가한 생활 속에서 마침내 정신이 살아 있고 완전히 깨어 있는, 실속 있는 삶에 대한 자극으로 생각했을 텐데 말이다. 한심스럽게도 그렇게 심각한 경우가 슬며시 닥쳐오지만 남자가 어쩔 수 없이 그 상황에 맞춘 것이 아니라 자의에 따라 그런 상황에 동조하고자 했다는 생각은 여전하다. 결코 끝이 없으리라고 생각한 그의 새로운 시간 계산법은 작지만 긍지를 느끼게 해 준 증거였다. 나중에도 이 새로운 계산법이 그에게 자주 도움

이 되었다. '계산하고 생활한다.'

그것이 어떤 일이든 손에 잡을 때 적용되던 생각이었다. 인간으로서 불가능한 것이 그에게 요구된 것은 전혀 아니었고 단지 습관들만 포기하면 되었다. 그러나 그는 대부분의 일상사에서 그러한 요구를 자주 거부했다. 어느 누구보다도 습관적인 모든 것을 초월했다고 믿고 있었던 그도 다른 사람들과 똑같이 습관에 묶여 있다는 것이 그때서야 비로소 확연히 드러났다. 남들과 마찬가지로 그도 습관으로 똘똘 뭉쳐진 사람이었다. 단지 이 습관들만이 틀에 짜인 삶의 영역인 것 같은 느낌을 주었다. 개인적인 습관들로부터 벗어나——이제 거리를 두고 생각하니 모두 아름답게 여겨진다.——당시 일거리도 없었던 그의 일상은 오직 아이가 내는 소리와 아이의 물건들로만 이루어지고, 아이의 생활 리듬에 따라 흐르는 일상을 잔인하고도 무의미한 운명으로 받아들이며 더 강도 높게 체험했다. 물건들은 무기처럼 비스듬하게, 악의를 품고 비현실적으로 놓여 있었다. 물건들 사이에는 무기 창고 속에 무기가 쟁여져 있는 것처럼 공기 한 점의 여지도 없었다. 그리고 그 안에 묶여 있는 자의 머릿속은 혼란스러웠고 그 혼란 속에서 어디를 보나 적대적인 무질서만이 있었다. 훨씬 나중에야 비로소 그는 아이가 어질러 놓은 잡동사니를 참는 것은 말할 것도 없고 모든 것이 아무렇게나, 심지어는 형편없이 흩어져 있는 듯 보이더라도 무질서 속의 질서를 깨닫고선 그 속에서 아이와 똑같이 편안하게 느끼는 것을 배웠다. 단지 자유로운 순간과 꾸준히 지켜봐 주는 것만이 필요했다. 그러면 가장 소름 끼치는 혼란 속에서도 조화로운 모범이 생겨났다. 그러나 그는 처음에는 진공 상태 속의 형벌이라 할 수 있을 질서에 대해 분노에 사로잡혔고 그러면서 또 한편으로 고약하게도 둔감해지는 걸 느꼈다. 그러나 눈앞에 보이는 것은 아이 말고 거의 아무것도 없었기 때문에 어리석게도 아이에게 죄를 뒤집어씌웠다.

집에 묶여 있으면서도 거의 안정을 찾지 못하던 남자는 시간이 지나면서 마침내 색깔과 형태에 대한 모든 감각과 사물 간의 거리와 등급에 대한 감각도 잃어버렸고, 시야는 흐려지고 불유쾌한 여명 속에 있는 자신을 보았다. 그리고 아이는 여러 물건과 섞여 있어 윤곽이 뚜렷하지 않은 물건처럼 돌아다녔다. 그것은 비현실적이었다. 비현실이란 상대가 없다는 것을 의미한다. 그 결과는 광기와 구별되지 않는 야만이었다. 활기를 잃은 남자는 더 이상 자신을 제어할 수 없었고 불안감이 그의 의지를 더욱 빼앗아 갔다. 그러다 과오를 저지른 날이 왔다. 아이의 시간이 온 것이었다. 늦은 봄, 밤새 비가 오더니 새 건물의 아래층에 물이 가득 새어 들었다. 그런 일이 벌써 몇 번이나 있었다. 그러나 그날 아침에는 전보다 훨씬 높게 물이 차서 그야말로 홍수를 이루었다. (소용도 없었지만 '주택 조합 귀하'에다 이 사실을 알리려고 이미 여러 번 편지를 보냈었다.) 아직 잠이 덜 깬 남자는 누군가를 죽이고 싶다는 생각을 하며 그 흙탕물을 응시했다. 위층에선 아이가 무언가 성에 차지 않는지 계속해서 소리쳐 불렀고 아이의 목소리는 점점 더 절박해졌다. 마침내 끔찍한 일이 일어난 것 같은 소리가 났다. 무릎까지 올라오는 물에 잠겨 서 있던 남자는 분별을 잃었고, 누군가를 쳐 죽일 것 같은 기세로 뛰어 올라가 젖 먹던 힘까지 다해 아이의 얼굴을 때렸다. 그때까지 그는 한번도 그렇게 사람을 때려 본 적이 없었다. 그런 자신의 행동에 깜짝 놀란 것도 거의 같은 순간이었다. 독하게도 그는 눈물을 흘리지 않았지만 우는 아이를 안고 허겁지겁 이 방 저 방으로 뛰어다녔다. 도처에 심판의 문들이 열려 소리관을 죽인 나팔의 열기에 찬 진동이 보이는 것 같았다. 우선 아이의 뺨이 부풀어 올랐지만 너무 세게 때렸기 때문에 어쩌면 아이가 죽을 수도 있다는 것을 깨달았다. 처음으로 남자는 자기가 나쁜 인간이라는 것을 알았다. 그는 단순히 악한이 아니라 도덕적으로 구원받기 어려운 존재였다. 그의 행동은 속세의 어떤 벌로도 속죄될 수 없는 것이었다. 그는 자신에게 뭔가 현실적인 것에 대해 지속적으로 고양된 감정을 부여했던 유일한 것을 파괴해 버렸고 늘 영원한 것으로 만들고 찬미하고 싶었던 그 유일한 것을 배신했다. 저주받을 자로서 그는 아이 앞에 쪼그리고 앉아 지금까지 인류가 표현할 수 없고 또 생각할 수도 없는 구식의 어투로 말을 건다. 그러나 그런 말을 들은 아이는 고개를 끄덕이고 언젠가 그런 적이 있었던 것처럼 소리 죽여 울면서 맑고 빛나는, 뿌연 물기를 없앤 두 눈을 잠깐이나마 들어 보인다. 비참한 한 인간에게 그보다 그럴듯한 위안은 드물었다.(아이는 나중에 "그땐 다른 도리가 없었으니까."라고 말한 적이 있다.) 누구나 그렇게 어른을 이해하고 가엾게 여긴다. 그와 같은 사건으로 아이는 처음으로 그의 이야기 속에 행동하는 인물로 등장한다. 그리고 그 후 여러 가지 이유가 있을 때마다 그의 간섭은 이

마에 이마를 대듯이 간단했고 경험 많은 심판관이 '경기 계속'을 알리는 표지처럼 매우 간결했다.(그것은 이 세계에서 아주 특별한 것이다.)

　말없이 눈으로 위안해 주는 것만으로 다 되는 것은 물론 아니었다. 그 돌발 사건에 대해 제삼자에게 한 번이 아니라 끊임없이 분명하게 고백할 때까지도 회한의 상태는 계속되었다.(그러고 나서야 완화되었다.) 그렇지만 그날은 예외적인 날들 가운데 하루로 기억 속에 어른거린다. 그런 예외적인 날들에 관해서는 이렇게 말할 수 있겠다. 잔디는 푸르렀고, 태양은 빛났고, 비가 왔고, 구름이 흘러갔고 땅거미가 졌고, 밤은 조용했다고. 이 모든 것들이 인간의 삶에서 다른 측면의 예가 되는 것이다. 그러고 나면 멀리 산기슭에 주택들이 모여 있는 숲이 보인다. 나무들은 어느 방향이나 할 것 없이 하늘을 향해 치솟아 있고 원추형 산의 경사가 부드럽고 일정하게, 끝없이 뻗어 있는 모습은 풍요로움을 느끼게 한다. 나무들 사이에 밝은색 바위가 있는 장소들은 멀리에서 보면 바다의 흰 거품 물결처럼 빛났고 흉상 위에 새겨진 자유의 표상 같은 느낌을 준다. 그 앞에 외국에서 발원하는 강이 한순간 굽이치고 그 가물대는 빛이 여기저기로 무한히 퍼져 나간다. 자석에 끌리듯 눈을 움츠리게 되는 비애 속에서만——태만에 대해서나 죄책감에 대해서나——내 생은 서사적인 것으로 펼쳐진다.

4

아이는 어느덧 세 살이 되었고 그때까지 대부분 혼자 놀면서 조용히 생각에 잠기곤 했다. 놀지도 않고 종종 우울한 모습으로 자신에게 집착했던 남자와는 달리. 그러나 둘은 시간이 지나면서, 특히 계절이 지나면서 숲 중턱에 있는 거주지의 주민이 되었다. 남자는 누가 찾아오는 것도 원치 않았다. 방문객들이 집과 집의 위치에 대해 도시인답게, 돼먹지 못한 연민이나 조롱 섞인 의견을 말할 때마다 집에서 조금씩 활력을 낚아채 갔기 때문이다. 그중에서도 정리도 제대로 안 한 채 요점을 말하고 또 그런 식으로 살고 있었던 어떤 이는 '덜커덩덜커덩 소리 나는 주택지'라고 말했으며 또 조용한 밤에 밖에서 하이힐 소리가 나는 곳이라고 했다.

그 대신 주위에 사는 아이들이 자주 놀러 왔다. 그 아이들 때문에 주위의 집들과 이웃이라는 감정이 생겨났다. 남들과 함께 있다는 것이 아이에겐 새로운 일이었다. 그럴 때면 그 남자의 마음에 몹시 들었던 아이의 예민함이 남의 흥을 깨는 새침함으로 바뀌었다. 별스럽지 않은 일에도 아이는 다른 아이들이 그저 자신을 둘러싸고 빙 둘러서서 눈을 크게 뜨고 말없이 응시하게 할 정도로 제정신이 아니었다. 그렇게 되면 정작 아이의 마음을 상하게 한 일은 극도의 비참한 지경에 이르렀다. 그런 장면을 이웃 아이들은 점점 더 재미있는 구경거리로 생각했다. 그들은 다음 날 바로 그 이유 때문에 다시 초인종을 울렸다. 비슷한 장면을 또 볼 수 있으리라 확신했기 때문이었다. (어쩌면 특별히 그런 의도로 지어진 것은 아니었지만 시간이 지나면서 아이들은 새로 이사한 집의 모든 방들을 스스럼없이 넘나들 수 있게 되어 버렸기 때문이었는지도 모른다).

그러면서 이제 아이의 입장이 바뀌는 시기가 왔다. 남자가 '아이와 함께 있는 것'이 아니라, 아이가 '혼자 있는 남자와 함께' 있게 되었던 것이다. 같은 또래들과 만나 봐야 거의 매번 끝에 가서는 마음이 상하고 기분을 잡쳤던 아이에게서는 기대보다 불안이 느껴졌다. 그러면 아이는 적어도 얼마 동안은 아무리 사소한 일에도 평소처럼 침착하게 몰두하지 못했다. 이제 남자도 아이에게 알맞은 사람이 아니었다. 그래서 그 조용한 집에 이웃 아이의 목소리라도 가까워지면, 그건 대개 두 사람의 마음이 편해지는 소리였다.(바로 그 아이 때문에 전날 속이 상했더라도 말이다.)

새로운 갈등의 상황이 왔다. 아이는 놀고 그 남자는 작업을 하면서도 전처럼 힘닿는 대로 자리를 함께해 서로의 대화 상대가 될 것인가? 그러면서도 '아이'는 아이답게 굴고 '어른' 은 수준을 낮추지 않아도 될까? 그게 아니면 '아이들'이란 우선 같은 또래들 사이에서 지내는 것이 옳고, 그래야만 고통과 부당함을 겪으면서 자의식을 갖게 되고 무엇인가가 될 수 있는 아주 특별한 종족이었던가? 그래야만 비로소 그 '동족들' 은 나름대로 동아리를 형성하고 어른들은 잘해 봐야 단순한 보호자가 되는 게 아니었을까? 어쨌든 아이에게 아무리 나쁜 돌발 사건이 일어나고, 아이가 아무리 악의에 찬 조롱을 받고 굴욕감을 느껴도 나중에는 늘 새롭게, 마치 좋은 소식을 가진 전령에게 가듯이 또래의 아이들을 찾아가는 것이 명백하지 않았던가?

제삼자에게 제안할 법한 생각이 드디어 그 남자에게 떠오르면서 갈등은 약해졌다.(한때는 자신도 단체 생활에 속할 능력도, 의지도 없이 개인 플레이를 하는 사람이라고 생각했지만 바로 자기 같은 사람도 세월이 지남에 따라 완전히 자의에 의해, 작으나마 자신의 공동체를 만들었다는 사실이 떠올랐다. 그런 것을 만드는 데는 매번 근본적인 깨달음이나 전반적인 통찰이 무조건 필요했다. 그런 것 없이는 그에게 어떤 합법적인 혈연체도 있을 수가 없었다.)

다른 사람들에게 제안을 할 수 있으려면 분명한 것은, 전에 그림을 그릴 때처럼 어떤 지역, 어떤 장소, 어떤 공간이냐 하는 것이었다. 물론 이웃들과도 처음에는 그저 새로운 거주지와 아이들에 대해 대화하는 것이 고작이었다. 그런 대화에서 논의되는 것은 모든 공공시설로부터 멀리 떨어져 있는 상황에 대한 불만과 '유치원'이나 그에 상응하는 현대적인 시설을 바라는 게 아니라 자동차 없이도 갈 수 있고 일정한 시간 동안 개방되는, 작고 수수한 놀이방이 있었으면 하는 절실한 소망이었다. 그것은 집 주변의 자연 공간에 놀이터가 없는 사람이나, 똑같은 크기의 택지 위에 지어진 단독주택이나 이웃 건물에 사는 사람들의 되풀이되는 소망이었다. 아이들의 바람은 말할 것도 없이 이 어른들의 소망이 실현될 수 있었던 것은 넓은 '앞뜰'에 '마음대로 뛰어놀 장소'가 있는 남자의 집에 남향으로 난 빈방을 놀이방에 적합한 장소로 지목하면서부터였다. (뛰어노는 아이들의 모습을 생각해 보면 그렇게 지목한 것도 의미가 있었다.) 장소가 확실하다는 것 때문에 모두들 열광하기까지 했다. 이제 여기서부터 일이 제대로 진행된 것이었다. 서로 낯선 사람들 사이에서 그러긴 어려웠지만 더 이상 생각할 여지가 없었다. 여름이 시작되자 그 방은 용도에 맞게 꾸며졌고 가을에는 두서너 명의 아이들과 함께 아쉬운 대로 일종의 조직체가 형성되기 시작했다.

남자는 그동안 반나절 넘게 감독자 같은 역할을 하며 보냈고, 자기 아이가 전에 없이 많은 다른 아이들과 함께 있는 것을 지켜보면서 처음으로 아이에 대해 의문을 갖기—이 말이 꼭 들어맞다.—시작했다. 물론 아이를 한 개체로 대하는 것이 아니라 상급 명령자로 대하면서. 아이에 대한 그의 기본 감정은 지금까지 느낀 어떤 애정보다 앞선, 무조건적이고 열렬한 신뢰감이었다. '아이들'에 대한 일반적인 견해를 갖기 이전에 그는 이 특정한 아이를 신뢰했다. 그는 아이가 자신이 잊어 버렸거나 결코 가져 보지 못했던 위대한 법칙을 구현했다고 확신하고 있었다. 처음 만난 순간부터 아이는 그에게 개인 교사로 보이지 않았던가? '아이의 입'에서 어떤 특별한 말이 나와서가 아니라 단순히 아이가 존재한다는 것, 즉 아이가 구현하고 있는 인간 존재를 믿었던 것이다. 아이가 구현하는 인간 존재는 남자에게 삶이 어떠해야 한다는 진리의 척도를 제시해 주었다. 그렇기 때문에 누구나 아이를 객관적으로 존중할 수 있었다. 그러면서 지금까지는 영화관에서 페이소스라고 흘려듣고 옛날에는 쓸모 없는 글이라고 대충 읽어 버렸던 말을 이제는 세상에서 가장 실질적인 말이라 여기며 때때로 입에 올리곤 했다. 위대한 말들은 '역사적'이기 때문에 시간이 흐르면 그 의미를 잃는다고 주장할 만큼 잘난, 뭘 모르는 사람이 있었겠는가? 그런 사람들은 미몽에 빠져, 혹은 그저 무심함과 피로에 싸여 그런 말들을 주고받지 않았던가? 그런 말이나 하는 현대인들은 어떻게 살았나? 누구와 함께? 그들은 또 별 뜻도 없는 말을 하면서도 심하게 허풍을 떨고 그 밖의 모든 것은 남의 일처럼 말한다는 것을 완전히 잊었단 말인가? 공개 토론장, 일간 신문들, 텔레비전, 신간 서적과 가장 사적인 관계 등 어느 곳에서나 통용되는 표현들이 왜 천박한 말이 지니는 파괴성, 진부한 악취, 신성 모독성에다 영혼과 신경과 뇌를 죽이는 요소를 지니게 되었을까? 왜 사방팔방에서 속이 텅 빈 시대의 나태한 언어만이 울려 퍼졌을까? 어쨌든 남자가 비난을 많이 해 왔던 위대한 말들을 하루하루 지나면서 더욱 쉽게 이해하게 된 것은 아이와 함께한 덕분이었다. 사람들은 그런 말들을 쓰며 우쭐댈 수 없었고, 그런 말들은 오히려 끊임없이 새롭고 높은 경지로 향해 갔다. 누구나 거기에 동참할 수 있었지만 전제 조건들로는 오직 '좋은 의지'와 '단호한 필연성'에 대한 통찰이 필요했다.

혼자 있거나 우연히 두어 명의 다른 아이들과 함께 있는 아이가 아니라 이제는 정해진, 보다 큰 집단 속에 있는 아이를 보게 되자 의문이 생겼던 것이다. 아이들이 많은 집단에 속하게 되자 아이는 즉각 조용한 아이에서 날이 갈수록 점점 더 공포에 떠는, 어느 누구보다 더 가엾은 아이로 변해 갔다. 아이는 더 이상 새침을 떼거나 마지못해하거나 단순히 재미없어하는 것이 아니라(그것에 대해서 그 남자는 적어도 한두 가지 이유를 댈 수도 있을 것이다.) 제정신이 아닐 정도로 비참한 모습이었다. 혼자 있을 때는 아주 침착하고, 명랑하고, 똑똑했던 아이가 모임 속에서는 기껏해야 신경질을 부리고 둔한 모습을 보였다. 심지어는 대개의 경우 고통스럽고 이유 없는, 그러나 보는 사람이 절절한 아픔을 느끼게 되는 맹목적인 공포를 보이기까지 했다. 아이들이 많은 곳에 있기만 하면 아이는 마치 완력에 의해 물속에 밀어 넣어졌다가 살아 보려고 다시 수면 밖으로 솟아올라, 그 불운한 상황에서도 멀리 떨어진 장소를 찾지만, 대개의 경우 그곳에서는 조용한 한 귀퉁이도 찾지 못하는 물건처럼 도망을 친다. 이제야 비로소 지금까지 그냥 밋밋하기만 했던 아이의 이야기가 무엇인가 불가피하고 더 이상 뒤로 되돌릴 수 없으며, 특히 지옥 같은 드라마성을 띠게 된다. 그러자 예전에 아이에게 신뢰감을 가졌을 때처럼 아이의 특이한 성격에 대해서가 아니라 전 존재에 대해 의심이 들었다. 그러나 아이인 (즉 총체인) 그 아이가 무엇인가 다른 것이 되도록 강요받지만 사실은 그 이상도 그 이하도 아닌데(그러니까 그저 고통당하고, 고통당하고, 고통당할 뿐인데), 이걸 위해 의심할 여지 없이 필연적이고 보편적인 파멸의 드라마가 만들어져 있단 말인가? 이런 등등의 질문은 이쯤에서 남자가 끊임없이 해 보는 절절하고도, 어쩌면 '충분히 생각해 봤지만' 쓸모없는 질문들이다. 그럼에도 때때로 남자가 많은 사람들에게서 벗어나 단순한 의문으로서 무언가 더욱 절박한 것을 나타내는, 심장의 한가운데를 맞추는 시선을 보낸 것은 너무 당연하다. 놀이방을 운영하는 데 관여하고 있는 부모들은 물론 아이가 그렇게 행동하는 이유를 알았다.(또한 그 이유들을 친절하고 세심하게 암시하기도 했다.) 그러나 그는 그들이 설명하는 내용에서 또다시 그저 천박한 말을 들었을 뿐이었다. 원인을 알지 못하면서도 그는 아이를 더 잘 안다고 믿고 있었다.

게다가 많은 아이들이, 가장 어린 꼬마까지도 서로서로 맞지 않는다는 것을 알 수 있었다. '악한 아이'는 없었지만 그렇다고 모든 아이가 다 '순진무구한 건' 아니었다.(어린데도 벌써 나쁜 일을 해 놓고 안 했다고 시치미를 떼는 그런 아이들도 있었다.) 그들은 모두 무엇이 그른지 알고 있었고, 얼떨결에 그런 것이 아니라 계획적으로 나쁜 짓을 하면서도 불의에 대한 의식조차도 갖고 있지 않았다. 그래서 그들의 행위는 어떤 때는 가장 사악한 범죄자들의 행위보다 더 섬뜩했으며, 대개 범죄 행위에 대해 느끼는 것과 똑같은 분노를 느끼게 했다. 아이들 가운데에는—여자아이든 남자아이든 간에—아예 처음부터 어른들이 보는 앞에서 말로, 혹은 행동으로 사형 집행인 흉내를 내는 것을 좋아했던 아이들도 몇몇 있었다. 그들은 뻔히 알면서도 냉담하게 파괴 행위를 행한 다음 마치 공적인 행위에서 손을 떼듯 손을 뗐다. 이와는 달리 욕먹고 조롱당하고 구타당하는 것, 한마디로 말해서 희생물이 되는 걸 좋아한 아이는 한 명도 없었다는 것 또한 분명했다.

남자는 주로 아이들이 난장을 치는 데 끼어들지 않는 게 좋다고 생각했다. 그러나 자기 아이가 날마다 기죽어 있는 것을 보는 것은 그에게 매우 힘들었다. 그의 아이는 결코 방어하는 법이 없었기 때문이다. 머리를 주먹으로 심하게 얻어맞아도 아이는 기껏 텅 빈 구석으로 옮겨 갔고, 입에서 나오는 소리도 방어의 소리가 아니라 그저 너무도 가련한 피조물이 내는 고통스러운 신음이었을 뿐이었다. 욕을 먹거나 무고하게 죄를 뒤집어씌워도 아이는 비슷한 말로 앙갚음하는 법이 없었고 옆으로 비켜나지도 않았다. 아이는 그 자리에 꼼짝도 않고 서서 상대방이 특히 적절한 표현을 하며 심술궂게 늘어놓는 이야기에 대해 몸을 움추리며 소리 지르는 법 없이 문제가 되는 모든 것을 부정했기 때문에 그 모습과 소리가 영락없는 피고인 같았다. 하얗게 질려서 떨고 있는 모습을 멀거니 보고만 있기는 불가능했다. 그래서 남자는 걸핏하면 끼어들어 편을 들었으며 찔찔 울면서도 자기 중심적이고, 붙임성 없는 피붙이를 야단치곤 했다.

시간이 지나면서 아이들은 물론 차츰차츰 친해졌고, 자유롭고 사랑스럽기까지 한 동아리를 이루었다. 이러한 변화는 어쩌면 남자가 새로운 눈길로 아이들을 바라본 데에서 기인한 것이었는지도 모른다. 어느 봄날 그는 아이들과 함께 언덕에 올라가 단지 자기가 서로 다른 많은 아이들 사이에서 움직인다는 점 그 자체만으로도 더할 나위 없는 기쁨을 느낀다. 감격에 겨워 소리치는 그로부터 비로소 아이들이 들을 수 있는 소리가 나온다. 그것은 이전에 바깥에서 보았을 때와는 달리 이젠 '악한 아이'도, '희생자'도 없는 아이들 사이에서 느낀 급격한 변화 같은 것이다. 아이들과 함께 있으면서 기쁨을 느낀 후에야 비로소 어정쩡하게 주변에 서서 공연히 이리저리 뛰어다니던 분주함이 열성으로 바뀌었고, 그 결과 아이들과 함께하는 모험은 단결되고, 말할 나위가 없는 자긍심을 불러일으켜 더 이상 유치한 기미가 없어졌다. 오히려 내리막길과 오르막길이 있고 평평하기도 하고 울퉁불퉁하기도 한 지역에 관한 특별한 감정도 기억할 수 있을 정도다. 또한 아이들이 모두 힘차게 기어 올라가던 가파른 경사면도 기억난다. 아이들의 사이가 크게 벌어지고 끊임없는 자리바꿈이 일어나지만 대개는 서로가 어디 있는지를 알았기 때문에 길을 잃는 아이는 없다. 남자는 어느 곳에서도 인간에 대해 이보다 더 유쾌하고, 더 아름답고, 더 평온한 힘을 느껴 보지 못했다.

남자가 새로이 갖게 된 경쾌한 마음은 자신의 아이에게도 전이되어 아이는 다시 옛날의 자기 모습으로 돌아갈 수 있었다. 그래서 아이는 혼자 있었던 때보다 눈에 띄게 생기를 얻었고 다른 아이들 사이에서 의도적으로 몸의 관절과 머리칼을 움직였고 울리는 목소리를 냈다. 책임자인 그는 아이를 (다른 아이들도 마찬가지로) 그저 '원래대로 내버려두어야 한다'는 것을 깨달았다. 그러나 그것은 그가 아이를 (그리고 다른 아이들을) 위해 '늘 곁에 있는 사람'으로 함께 있을 때 그들 모두를 끌어모으는 힘으로서, 이상적으로 투입된 에너지로서 효과를 냈다. 그러고 나서야 아이들은 그와 함께 평화의 배를 탄 것처럼 앞으로 나아갈 수 있었다. 물론 그와 같은 이중의 힘이 그에게 늘 있었던 것은 아니었다. 그중 첫 번째 힘은 기술이었으리라. 그렇게 그는 훌륭한 교사란 무얼 의미하는지 점차 알게 되었다.

그러나 지금 조용히 생각해 보면 확실히 아이는 그 동아리의 아이들과는 실제로 왠지 다르게 행동했던 것 같다. 계속 괴짜로 행동하지는 않았고, 비록 눈에 띄지는 않았지만 아이는 여전히 걸리적대는 존재였고 때때로 아주 똑똑한 아이들이 보이는 지나친 열성과 약간의 혼란스러움을 지닌 채 놀이에 참여했다. 아이를 다른 아이들과 분명히 구별되게 한 것은 아이의 말하는 방식——어른들이 쓰는 특별한 표현법은 전혀 들어 있지 않은——이다. 아이는 어쩌면 그저 신중하게 말했던 것이고, 그때마다 알맞은 단어를 찾았던 것인지도 모른다. 그러다 보니 아무래도 아이는 종종 이야기를 따라가지 못했고 의식적으로 신경을 덜 쓰는 사람들은 아이의 말을 흘려듣기도 했다. 소란스러움에서 비켜나 남자를 곁눈질하는 눈길도 전처럼 애원하는 듯이 절망적으로 응시하는 것이 아니라 악의 없는 아이러니에 차서 잠깐 빛난다. 이 사람들과 함께 여기에 있는 것이 아이에게는 어느새 당연해졌다. 그러나 그들은 가족이 아니다. 네게도 가족이 있다고 남자는 생각한다. 그들은 어딘가 다른 곳에 있는 것이다. 다른 민족이 있고 다른 역사가 있는 것이다. 우리만 유일한 것은 아니다. 바로 이 순간 우리는 이 민족과 함께 시대를 살고 있는 것이다. 넌 결코 혼자가 아닐 것이다. 동시에 긴장감이 다시금 감돌았다. 그 긴장감에 대해 남자는 이제 기뻐하기까지 했다. 그는 투쟁을 위해 자기 아이들을 무장시킨 수많은 양친들을 보았고 또 그것을 잘 이해하기도 했지만 그들과 똑같은 짓을 하지 않는 것이 옳다고 생각했다.

5

그럭저럭 숲 주변에 형성된 주택지에 익숙해지고, 또한 자기만 다니는 길도 마련해 놓았던 거의 다섯 살 난 아이를 데리고 남자는 자기가 좋아하는 외국 도시[2]로 다시 이사했다. 그것은 별로 많이 생각하지도 않고 내린 결정이었지만 그대로 행해졌다. 어떠한 이유도 댈 필요가 없는 자명한 일로, 아니 필연적인 일로 행해졌던 것이다. 누군가가 자기 식구를 데리고 익숙하지 않은 곳으로 출발했다는 것만 봐도 이유는 충분하지 않았던가? 그것은 누구나 끊임없이 시도해야 되는 것이 아닌가? 누구나 낯선 곳에서야 비로소 자기 식구를 확실하게, 결정적으로 느끼지 않았던가?

---

2) 파리.

게다가 그 도시로 다시 돌아간 것은 단지 전에 그곳에서 중단되었던 규칙적인 삶을 강제성 없이 계속하는 것 같았다. 멀리 떨어진 그 세계적 대도시는 그간에도 그런 규칙적인 삶이 계속될 장소로 늘 생각되어 왔었다. 그곳이야말로 남자에게 지속적으로 외부와 내부, 신체와 정신의 형식을 결합시킴으로써 '현실감'을 주는 유일한 장소였다. 그리고 그는 자기가 보호해야 하는 아이에 대해서도 전부터 '나에게 좋은 것은 너에게도 역시 좋다.(거꾸로도 마찬가지이고.)'라고 믿지 않았던가?

다른 나라 땅에서 이제 아이의 이야기는 특별한 사건 없이 민족사, 또 인종학의 조그만 본보기가 되었다. 그리고 아이 자신도 독자적으로 행동하지 않고도 놀랍고도 뛰어나며 웃기는 사건들의 주인공이 되었다. 전체적으로 볼 때 그런 일들은 매일매일 끊임없이 일어나는, 있음 직한 일이었다.

우중충한 셋집에 도착한 것은 십이월의 어느 날이었다. 그 셋집은 밖의 도랑에서 소리를 내며 흘러가는 반짝이는 물과 어디에도 없는 세계적 도시의 변두리 위에 걸린 하늘 덕분에 밝았다. 하늘에는 끊임없이 색깔이 변하고 달라지는 신호등이 거대하면서도 비밀스러운 서쪽 문 안으로 신호를 보내는 듯 저 멀리 허공 속에 주욱 달려 있었다. 자연이 매우 가깝게 보였던 신축 주택의 커다란 유리창은 이제 조그만 마름모꼴의 창들이 달린 좁은 여닫이 창문으로 바뀌었다. 이제 그 창문들을 통해 외부 세계는 적당한 크기로 보인다. 조용했던 주택에서와는 달리 여기서는 층계를 올라가는 발자국 소리, 옆집에서 나는 소리가 들린다. 마치 오랫동안 듣지 못했던 것처럼 그 소리를 듣는다. 집 안에 있는 많은 낯선 물건들은 이사 올 때 가져온 몇 가지 물건들—책과 장난감 동물이 고작이었지만—로 인해 곧 친밀해진다. 또한 놀라울 정도로 밝은 뒷방들로 연결되는 긴 복도 때문에 호텔의 호화로운 스위트룸을 얻은 것 같은 느낌이 문득 든다.

이어서 다가온 늦겨울, 아직 그해가 끝나기 전에 아이는 처음으로 학교에 입학했다. 그것은 남자가 계획했던 것이 아니라 그냥 그렇게 되었던 것이다. 그런데 공교롭게도 그 학교는 어딘지 특별한 학교였다. 왜냐하면 사실 그 학교는 지구상의 모든 나라들로 흩어지기 오래전부터 이미 '예언자들이 없더라도', '왕들이 없더라도', '왕자들이 없더라도', '희생자들이 없더라도', '우상들이 없더라도' 심지어는 '이름조차 없더라도' 하나의 '민족'으로 남게 되리라고 일컬어졌고, 또 그렇게 불리울 수 있었던 유일한 민족[3]의 아이들을 위한 학교였기 때문이다. 그리고 어느 신학자의 말에 따르면 '전통', 즉 '세계에서 제일 오래되고 제일 엄격한 법률'을 알기 위해서는 그 민족으로 돌아가지 않으면 안 된다고 했다. 그 민족이란 남자가 언제나 소망했었던 유일하고 실질적인 민족이었다.

학교 건물은 도시의 다른 학교들과 유사했는데 먼지 나는 작은 마당과 좁고 빛이 많이 들지 않는 곳에 교실들이 있고, 땅속 깊은 곳에서 지하철의 덜커덩대는 소리가 들렸다. 그러

---

[3] 프랑스인들을 말한다.

나 아이를 그곳으로 데려다주는 일은 그 남자에게는 늘 올바른 길을 간다는 의식을 주었다. 그 의식은 그야말로 철저하게 초개인적인 행복감이었다. 출생과 언어 때문에 어쩔 수 없이 뼛속 깊은 곳까지, 그리고 시대의 마지막까지 그저 기쁨도 목적도 없이 형이상학적으로 죽은 채로 발버둥치도록 저주받은 것처럼 보였던 저 수치스러운 범법자들[4]의 후예인 그의 아이는 그 학교에서 아직도 유효한 전통을 체험할 것이고, 그 전통 속에서 또래들과 함께 계속 자라나 전통을 가질 수 없었던 남자가 필요하다고 느끼면서도 변덕스러운 경솔함 때문에 잃어버렸던, 변덕에 좌우되지 않는 진지함을 생동감 있게 구체화할 것이다. 비록 그저 임시로, 반년 동안만 학교에 다니는 것이었지만 그는 아이가 학교에서뿐만 아니라 지속적으로 그곳에 있게 되기를 희망했다. 타고난 다양한 눈 색깔, 머리 색깔만 보더라도 아이가 그곳에 속한다는 것은 분명하지 않았던가? 새로운 형식의 축제가 있을 때면 아이는 더 이상 단순한 구경꾼이 아니라 참여자였으며 그들의 모범적인 이야기를 보여 주는 다른 아이들의 무리 속에서 작은 몸짓과 손짓으로 결국 '공동체'나 '개학식' 같은 단어들을 위해 하나의 가능한 의미를 반복하지 않았던가? 남자는 아이가 쓴 다른 글씨체를 처음으로 보았을 때 역사적 순간의 증인처럼 (동시에 마치 옛 시대의 역사 서술자처럼 그 순간을 뚜렷이 인식함으로써) 감동받지 않았던가?

---

4) 독일 민족을 말한다.

아이도 학교가 마음에 들었다. 아이는 거기에 익숙해질 필요조차도 없었다. 옷걸이에 다양한 색깔의 외투들이 층층이 걸려 있는 조그만 대기실로 들어가는 문지방을 처음 넘는 순간부터 아이는 마치 신체의 짐을 잊어버리듯이 불안을 잊어버렸다. 그것은 한 여교사의 덕택이었다. 아이는 아이들이 북적대는 가운데에서도 그녀가 자신을 보았다고 즉각 느낄 수 있었다. 그 나이 든 여교사는 친절하게 찬찬히 훑어보면서도 사람을 제압하는 듯한 시선을 보내는 (그러면서도 그 사람으로 하여금 관찰당한다거나 통찰당한다고 느껴지지 않게) 요령을 터득하고 있었다. 그리고 혈통 때문에 독일어를 쓰는 그녀는 짧은 시간 안에 아이에게 그 나라의 국어5)를 가르쳤다. 여름이 되기도 전에 남자는 아이가 다른 아이들과 함께 그 나라의 언어로 유창하게 이야기하는 것을 들었다. 아이가 외국어로 말하는 것이 얼마나 애교 있어 보였던지! 아이는 외국어로 말을 해야 할 때마다 마치 마법이라도 쓰는 것 같았고 우아하고 자의식에 차 있었으며 그곳의 세계적 도시인들이 흔히 구사하곤 하는 틀린 억양도 발음하지 않았다. 그럴 때면 남자는 예전에 자신이 얼마나 자주 외국어를 잘할 수 있기를 소망했던가를, 놀이를 하면서 쓰곤 했던 알아들을 수도 없는 횡설수설을 마치 실제 외국어처럼 여겼던 일을 떠올려 보았다. 그는 지금 아이가 많은 부분에서 자기보다 앞서 있는 것을 보았고 그것에 대해 그 시간에, 현재에 감사했다.

---

5) 프랑스어.

그들 두 사람의 삶은 이제 나름대로 안정된 질서를 찾은 것처럼 보였다. 그래서 학년 말쯤 여교장이 아이를 다른 학교에 보내는 게 어떠냐고 제안해 왔을 때, 남자는 주위에서 일어나는 사건이나 실례에 대해 확신하고 있는 사람처럼 완강하게 반대했다. 그녀의 말에 따르면 가을이면 종교 교육이 시작될 텐데 완전히 다른 관습을 따르고 있는 아이는 피해만 볼 수도 있을 것이라는 이야기였다. 남자는 자기 같은 사람들한테는 꼭 지켜야 할 전통도 없고, 어쨌든 자기 아이에게 그런 전통 중에서 줄 수 있는 것이 아무것도 없다는 것을 그 여교장에게 설득시키기 위해 수십 년간 쌓은 모든 경험을 총동원했다. 그러나 여교장은 그것을 더 잘 아는 것처럼 보였고 그저 고개를 가로저었을 뿐이었다. 마지막 날, 그는 마치 죄도 없이 쫓겨난 것처럼 보이는 아이와 함께 학교를 떠난다. 책임은 민족도 아닌 민족의 후예이자, 민족이라고 할 수도 없는 상스러운 민족의 후예인 그에게 있는 것이다.

같은 해에 남자와 아이 사이에는 단순한 불화라고 보기 어려운 의견 충돌이 있었다. 지난 몇 년 동안 그는 자기 일을 하면서도 온 신경을 삶의 동반자인 미성년의 아이에게 쏟았다. 그는 온종일 아이에게 소위 '밥 주는 사람' 이상의 역할은 못했지만 시간이 지나면서 그것도 괜찮은 역할이라고, 인간으로서 할 만한 일이라고 생각했다.(봉사하는 것이 기쁨일 수 있었다.) 비록 저녁에 다른 활동을 할 수 있는 짬이 나지 않더라도 말이다. 그리고 그는 무엇을 해야 할지 알지 못하면서도 때때로 포도주를 마신다든지, 책이나 텔레비전을 본다든지 휴일 저녁에 할 수 있는 것들에 대한 욕망을 강렬하게 느끼며 종종 여러 시간 동안 혼자 묵묵히 앉아 있다가는 침묵의 바다에서 갑자기 나타난 하나의 형상에 기운을 얻어 다시 책상을 작업대로 만들곤 했다. 그러나 그렇게 쓴 작품들은 짬짬이 썼던 소품에 불과했고 점차로 남자는 이미 오래전부터 마치 천국의 꿈처럼 어른거려 왔던 대작을 쓰고 싶어 안달이 났다. 그 꿈의 실현은 역시 지금까지 그래 왔던 것처럼 계속되는 생존의 법칙을 나타내고 있음에 틀림없었다.

거의 온종일 수업을 하는 그 나라의 학교 때문에 드디어 꿈을 실현할 순간이 도래한 것 같았다. 그러나 아이가 학교에 있는 동안 자유롭게 있을 수 있는 여덟 시간만으로는 충분치가 않았다. 글쓰기의 여정은 모범이 될 만한 힘을 가지고 해야 하는 것이라 순서에 맞게, 밤낮으로 (적어도 머릿속에서는) 계속되어야 한다는 것이 명백해졌다. 그런데 아이는 꼭 방해하려고 해서 그런 것은 아니지만 작업을 위한 꿈을 중단시켰고 그 꿈을 애초부터 저지했다. 따라서 자잘하게 깨달은 것들을 적절히 배열하는 일이나 가능했다. 그러나 경험으로부터 생성된 작품이 비로소 찬란한 것이 되고 다른 사람들의 기쁨이 되기도 하는 변화는 아주 드물었다. 형식이 제대로 되지 않는 것은 단순히 옆에 있는 것만으로도 남자의 판타지를 마비시키고 그가 나아갈 길을 막았던 아이 때문이라고 그는 생각했다.

이제 두 사람 사이를 지배하고 있는 것은 폭력이 아니라 냉

아이 이야기

대감이었다. 그 남자 편에서는 자신의 뜻과는 반대로 가끔 적대감까지 일었다. 그는 일을 위해서도, 아이를 위해서도 존재할 수 없었다. 그리고 아이는 그런 차이를 느끼면서 언짢아하거나 뾰로통해하지 않고 당당하게 스스로 거리를 두었다. 그러고는 기회가 있을 때면 제삼자에게 자기 아버지에 관해 "난 아빠를 더 이상 보고 싶지 않아요. 아빠가 없어졌으면 좋겠어요."라고 말했다. 그것은 소외감을 느낀 아이의 간결한 협박이었다. 그런 말을 들으면 그 남자는 마음속 깊이 놀라 제정신으로 돌아온다. 그는 중요한 여행을 뒷날로 미루고, 자기와 비슷한 계열에 묶여 있으면서도 필생의 꿈이란 명목으로 일상사와 인연을 끊고 지냈던 모든 사람들을 의심했다. 그들의 행위는 빛을 잃었다. 그는 그들을 더 이상 믿지 않았던 것이다. (그러면서도 물론 늘 여러가지 깊이 생각하는 바가 있기는 했다.)

그래서 그도 이제 다시금 소품들만을 완성했고 결국 그것에 만족했다. 그는 종종 아무것도 하지 않았다. 그저 도시 여기저기 안 가는 데 없이 돌아다니면서 자유롭게 한가함을 즐겼다. 일을 할 수 있는 시간은 단지 아이가 부재중인 주(週)중이거나 소위 '야외 학습' 때문에 아이가 시골로 가거나 여름 방학을 엄마와 보내게 될 때였다. 그렇지만 남자가 매일 자기 일을 하면서 열광하기란 전과는 달리 좀 힘들고 은밀해졌다. 그건 마치 한때 청년 시절에는 환상적으로 보였던 것이 어른이 되자 부도덕해 보이는 것과 같은 것이었다. 심지어 마술적인 빛이 번득이는 순간에도 말을 붙일 사람이 아무도 없는 집의 정적은 압도적이었고 종종 독가스처럼 그를 엄습해 와 그 자신마저도 경직시키고 멍하게 되었다. 그때 그는 날마다 벌어지는 일에 영감을 주었던 것이 바로 아이라는 사실을 깨달았다. 아이가 없다면 그는 세상에서 버림받은 자이다. 그의 일이란 것도 그에게 맞지 않고 무가치하게 보인다.(아이 없이 세상에서 가장 아름다운 여인과 함께 가장 근사한 삶을 영위하는 것을 상상한 적도 있지만.) 어느 날 밤 집에 돌아왔을 때 그는 끔찍스럽게 조용한 집의 어딘가에 기대어 서서 사람들이 어째서 완벽한 고독 때문에 죽는지 상상할 수 있었다.

　바로 이 시기에 남자는 자신의 생활 방식과 작업 때문에 항상 현재를 멀리하고 현실을 간과한다는 소리를 자주(물론 자기를 찾아오는 방문객들한테서도) 듣곤 했다. 전 같으면 그는 그와 같은 비난에 신경을 썼을 것이다. 그러나 아이와 함께 몇 해를 산 후에는 누구도 그에게 과연 무엇이 현실적인 것인지 말할 필요가 없었다. 일과 아이 사이에서 해결하기 어려운 갈등을 겪었지만 드디어 '현대'의 위선에 찬 삶에서 벗어나 단둘이 살면서 시간을 초월하는 중년이 되리라는 확신이 점차 그 모습을 나타내지 않았던가? 실제로는 결코 존재하지 않았는지 모르지만 중년의 시기는 남자에게 아이가 아팠을 때나 아이와 헤어질 때 아니면 풀쩍 뛰는 소리를 들을 때와 같이 모든 현실적인 것 뒤에 숨겨진 참되고 실존적인 시간으로 보였다.
　물론 현실의 첨병들이 단순히 새로운 시대의 독재자들인 건 아니었다. 오히려 현실의 정도를 측정하는 그들을 보면 전

투가 끝난 후 흘러온 시체와 잔해들을 헤아리고 나서 승리와 패배를 계산하곤 했던, 가장 오래된 해전 기록들에 나오는 사람들이 상기됐다. 그들도 그 후에는 인간적인 그러나 저열한 불후의 인간들이 되었다. 만일 이런 천부적인 특별 검사들이 하는 일에 관심을 가져 본다면 그들이 세계를 헤아리는 방식에는——거기에선 '제3세계', '제4세계'가 '가장 중요한' 것이었지만——대개 은밀한 죄짓기, 심지어는 속죄할 수 없는 배신이 자주 포함된다는 것이 드러난다. 그들은 모두 이미 수많은 악행을 저질렀다.(그러고 나선 가면의 눈물을 흘리다니, 희한하다!) 그와 같은 '현실주의자들'이나 '인간 쓰레기들'은——그들은 예전부터 그렇게 우글거렸다.——남자에겐 의미 없는 존재들로 여겨졌다. 그들은 창조와는 거리가 멀고 죽은 지 이미 오래되었으며 사람들이 기댈 수 있는 것은 아무것도 뒤에 남기지 않은 채 사악하면서도 팔팔하게 오직 전쟁을 위해서만 쓸모가 있었을 뿐이었다. 그들과 논쟁하는 것 또한 소용없는 짓이었다. 왜냐하면 날마다 일어나는 모든 재난들을 보면서 그들은 새삼 자기들이 한 짓이 확인되었다고 느꼈기 때문이다. 머릿속에 무엇인가 떠오르는 사람이라면 누구나 그들과 한마디 말도 나누어서는 안 되고 한번이라도 그들에게 모습을 보여 주어서는 안 된다. 그들은 낯선 사람들이었고 나는 낯선 사람들과는 말하지 않는다. 꺼져라. 내가 주된 사람이지 너희들이 아니다! 그래서 그는 그와 같이 음흉한 손님들이 물러서지 않고 다가오는 것을 거부하기로, 또한 무슨 일이 있어도 '그들의 배에서 바다로 나가지' 않겠다고 결심했다. 그러고 나서야 비로소 그는 다시 현실의 황홀감을 느꼈다. 황홀감이여, 우리들 곁에 머무르렴!

같은 해 여름, 아이는 체류하고 있던 나라를 떠나 부모와 함께 고국으로 돌아갔다. 그곳에서 아이는 엄마와 함께 방학을 보내기로 했다. 가을에 다시 아빠에게 돌아갈 때를 대비해, 전에 다니던 학교에서 멀지 않은 곳에 새로운 학교를 이미 구했다. 자동차를 타고 세계적 도시를 중심으로 수면보다 약간 높은 분지에서부터 아주 균일한 리듬으로 중간 산맥까지 올라가서 넓게 구부러진 계단식 지역을 지나갔는데 그 중간 산맥의 꼭대기로부터 계속 이어지는 평야 사이로 국경을 흐르는 강 뒤로 벌써 인접한 큰 나라가 보인다. 세계대전 때 여러 번 격전지가 되곤 했던 둥근 산봉우리들은 거의 완전히 벌거숭이가 되어서(실은 다른 이유들 때문이지만) 실질적인 수많은 기념물보다 더 오래도록 격전을 기념하는 곳이 되었다.

오후에 그들 셋은 그와 같이 벌거숭이인 정상 중턱에 앉아, 지역의 계단식 풍경이 저 아래 분지까지 거의 하룻길로 떨어져 있는 듯 희미하게 보이는 풍경을 관망하고 한편으론 뚜렷한 모습으로 다가오는 서쪽을 본다. 그곳에서 남자와 아내 사이에는 전에 수없이 싸웠던 것과 비슷한 싸움이 일어난다. 또 한번 남자가 무의식적으로 상상하는 바이지만 아마 그 순간에 세계 도처의 불화하는 부부 사이에서도 그와 같은 설전이 오갈 것이다.(그는 공권력이 있는 제삼자가 아무리 경험 있고 전문적이라 해도 아이나 아내나 자신에 관해서는 전혀 알 수 없고, 모든 이혼 재판이 뻔뻔스럽고 오만스럽게 여겨진다는 단지 그 이유 때문에 지금까지 이혼을 원치 않았다.) 그러나 동시에 그건 그의 진심이기도 했다. 자신의 생각도 그렇지 않았고, 또 널리 펼쳐져 있는 풍경을 지배하는 평화의 법칙에도 맞지 않았지만 그는 마치 색깔도 소리도 없는 산의 풍경에 빠지듯 어쩔 수 없이 욕을 주고받는 상황에 빠진다.

그가 마침내 눈을 들어 쳐다보니 아이는 두 어른으로부터 멀리 떨어져 있다. 아이의 얼굴은 멀리서 보기에도 창백하고 굳어 있다. 산 중턱 위로 비스듬히 쏟아지는 햇볕을 받으며 여기저기에 조그만 월귤나무들이 반짝이고 있다. 언덕의 발치에는 늪이 있다. 중간 중간 구름의 그림자가 강하게 지는데도 그날의 햇빛은 광휘를 발한다. 그런데 세 사람은 그 속에서 마치 경계를 표시하는 하얀 돌처럼 웅크리고 있다.

몇 년 후, 다시 여름이 되었을 때 남자는 같은 산등성이로 다가갔다. 이번에는 차를 타지 않고 동쪽의 평지에서부터 대개 포도밭을 관통해 나 있는 국도 위를 걸어갔다. 그리고 산등성이가 벌써 어두워지는 저녁쯤 천천히 그곳으로 걸어가고 있던 남자는 문득 자기가 부재중인 두 사람과 아주 희미한 잉크빛 속에서 만나는 것을 본다. 마치 옛 신화들 속에 나오는 왕들이 산에 앉아 있듯이. 그러나 그것과는 근본적으로 다르다. 그들 세 사람은 '가족'으로 보이는 게 아니라 서로 접근하기 어려운 것으로 둘러싸인 셋으로 보이는 것이다. 그것은 단한 번뿐인 유일한 순간이었다. 왜냐하면 그 남자는 언제나 많은 사람 속에 있는 자신을 보았기 때문이다. 그와 같은 순간만이 신화와 같이 영원한 이야기를 지닌다. 깨달음은 사라져도 어떤 고결함은 남는 것이다. 아직도 높은 평야에 있는 그 방랑자는 누구도 결론지을 수 없는 생각, '나는 세상의 비밀을 쓴다.'고 생각하면서 어슴푸레하게 베일에 덮인 산맥을 향해 간다. 그리고 이곳 또한 예전의 광장처럼 아이와 오래도록 연관되어 있는 특별한 이름을 지니고 있다. 르 그랑 발롱(Le Grand Ballon)6)이라는 이름을.

6) 프랑스 동북부 보즈 지방의 산 이름.

6

이듬해 겨울, 파리로 돌아와 아이의 학교를 바꾼 후 두서너 달만에 남자는 아주 급히 처리할 일과 조급히 서두를 일, 특히 한평생 그를 사로잡고 있는 화해하고 싶다는 소망을 등한시했다는 것을——그러면서도 그는 화해하고 싶다는 소망의 합리성에 대해 확신하고 있었다.——알게 되었는데, 그 또한 아이를 통해서 깨닫게 되었다.

어느 날 발신인 주소도 없이 편지 한 통이 왔다. 그 편지에는 저 유일한 민족7)의 이름으로 가장 못된 박해자들8)의 후예인 아이를 죽이겠다는 협박의 말이 이제는 거의 사용되지도

---

7) 프랑스인.
8) 독일인.

않는 어구(語句)로 쓰여 있었다.(그 어구들은 물론 사전을 찾아보니 상당히 눈에 띄는 말이었다.)

그 민족의 학교 주변에서 남자는 학교에서 일하는 어른들을 한두 사람 만났다. 그는 나중에도 그들을 만났고 예전에 낯선 사람들과 사귀었던 것보다 매우 다양한 방식으로 그들과 훨씬 더 가깝게 사귀었다. 그래서 그는 지금 어떤 인간이 "수백만 명의 희생자들이 소생되지 않는 한 찢어발기고 토막을 내겠다."라고 썼는지, 또는 협박 편지 마지막에 구약 성서 식으로 이름을 써넣었는지를 재빨리 알아냈다. 탐정처럼 그는 편지를 보낸 사람의 주소를 탐문했고 주머니에 칼을 숨기고는 기묘한 감정과 세계적 사건의 바로 한가운데에 있다는 의식에 싸여 곧 집을 나섰다. 택시 안에서 그는 심장 한복판을 칼로 찌르기까지 짧고 분명하게 움직여야 할 행동 순서를 한번 되새겨 보았고 무엇보다도 세상사에 심판을 내리는 재판관의 태도를 취하면서 당당히 서 있는 자신을 보았다.(다른 쪽 강변으로 차를 타고 오래 가는 것도 그 일에 잘 어울렸다.) 그러나 협박장을 쓴 사람의 집 문턱을 넘어서자마자 그는 다만 그 상황을 그로테스크하게 느낄 뿐이다. 그는 죽이지 않는다. 실은 그것이 아니다. 그건 손목 관절이 약하다는 뜻일 뿐이다. 그러나 그는 우선 그 사람을 뒷방이라는 곳으로 몰아 댄다. 그곳에서 그들은 물론 교활하게 히죽대며 엉거주춤하게 서 있다. 한 사람은 편지의 출처를 알아낸 자의 날카로운 눈초리를 보며 감탄하기 때문이고, 또 한 사람은 상대방이 자기를 심각하게 여기기 때문이다. 그들은 함께 추운 집에서 나와 가까이에 있는 커다란 공동묘지로 가서 이리저리 산보를 하고, 여러 가지 이야기를 하면서 그들이 결코 적이 될 수도 없지만 그렇다고 결코 동족도 될 수 없다는 것을 알게 된다.

집으로 돌아오면서 어둠속에 혼자 있게 되었을 때에야 비로소 남자는 그 사건을 이해하게 되었다. 집 근처에 있는 한적한 길에서 그는 저 높은 밤하늘에 평화롭게 주황색으로 빛나는 하나밖에 없는 채광창을 쳐다보고 멈춰 선다. 이제 드디어 진정한 분노가 솟는다. 아니, 오히려 격분이 솟아오른다. 여기서 그는 그들의 일생을 위해 역사를 필요로 하는 존재의 무의미함을 저주한다. 여기서 그는 또한 역사 자체를 저주하면서 자기로서는 역사와 손을 끊겠다고 맹세한다. 여기서 그는 세기의 밤에, 그 대륙의 적막한 납골당에 아이와 둘이서만 있는 자신을 처음으로 깨닫는다. 그리고 동시에 그 모든 것은 나중에 새로운 자유의 에너지를 주게 된다. 그러나 그날부터 아이의 이야기에 대한 지배적인 감정은 쓰라림이었다. 이 감정은 슬픔, 명랑함과 함께 현실에 가장 가까운 감정이었다.

정작 아이는 새 학교에서 보낸 첫해에는 불만스러워하곤 했다. 그러나 건물과 위치는 더할 수 없이 아름다웠다. 그런 아름다움을 지닌 학교란 그저 꿈에서나 생각할 수 있을 정도였다. 건물은 작고 낡았지만 배나 섬에 있는 집처럼 밝았고 시내 중심지의 건물들과 그렇게 가깝지 않아 마치 독자적인 지역에 있는 것처럼 서 있었다. 주변을 빙 둘러싼 정원에는 그렇게 많지 않은 학생들이 숨을 수 있는 공간이 충분했고, 어느 사이엔가 풀이 많이 나고 모래에 파묻히게 되었다. 닭이나 다른 가축들이 앉아 있는 모래 구덩이나 닭장들도 있었지만 오래된 궁정의 공원처럼 모퉁이마다 이국풍의 관목들과 금붕어들이 헤엄치고 있는 돌로 된 조그만 분수대에다, 현관에 있는 것과 같은 모양으로 나뭇잎 장식의 덩굴이 감긴 입상(立像)이 곳곳에 서 있었다. 막다른 골목 끝에 있는 학교로 가는 길목에서 가장 눈에 띄는 것은 시외로 통하는 교통이 번잡한 도로의 옆으로 구부러진 모습과 몇 군데 상점의 정면, 그리고 그 지역에서 흔히 볼 수 있는 입구 쪽으로 급격히 좁아지는 길이었다. 눈에 띄게 지대가 높아지다가 여기서부터는 특히 아스팔트가 깔리지 않아 끝에서부터 학교까지 거친 흙길이 나 있었다. 그 길엔 밝은색 자갈이 깔려 있고 비에 씻겨 점토와 같은 황색을 띤 나지막한 담이 오목 파인 길처럼 양쪽에 둘러져 있었다. 그 길에서 나는 빛과 소리는 백만 명이 사는 대도시[9]의 그것과는 다르다. 그렇다고 해서 들판 따위를 무작정 상상하게 할 만큼 시골스러운 것도 물론 아니다.

그럼에도 아이는 처음에는 정원 문을 통과하여 학교 마당으로 끌려가야만 했다. 또한 남자가 포옹을 하고는 길 아래쪽으로 곧장 사라지지 않을 때면 아이는 교실로 들어가는 좁은 입구에 모인 여러 학생들 속에서 뒷걸음질을 치려 했다.

이 학교에 다니는 아이들은 프랑스 민족의 자손이 아니었고, 시내와 주변 지역에 사는 아주 각양각색의 부모를 둔 아

---

9) 파리.

이들이었다. 남자가 느끼기에도 처음 몇 달은 지난해와는 달리 별로 활기 없이 지나가는 것처럼 여겨졌다. 그가 그렇게 느끼게 된 것은——비록 학교가 일차적으로 의무 교육이 시작되기 전의 중간 기관 같은 곳임에도 불구하고——별로 소용도 없는 공부를 시켰기 때문이었다. 그런 공부는 아이에게, 마치 파멸을 가져오고, 또한 전혀 이해할 수 없는 당국의 규정을 엄하게 가르칠 때 일어나는 것과 같은 효과를 낼 뿐이었다. 아이가 집에서 숙제로 어떤 강의 길이나 산의 높이를 외우고 있을 때면 지상의 아이들은 눈을 동그랗게 뜨고 놀라움에 고정된 시선을 보내더라도, 소위 말하는 인류의 지식을 외우는 일이 시대의 마지막까지 전해지지 않으면 안 되고 결코 잊혀서도 안 된다고 남자는 새삼 생각했다.

다음 해 봄에야 비로소 아이는 학교에 마음을 붙이게 되었다. 특별히 그런 의도가 있었던 것은 아니었지만 단지 그러고 싶었기 때문에 그 남자는 날씨가 따뜻한 저녁이면 아이를 데리고 시내를 한 바퀴 돌았다. 그곳에서 두 사람은 언제나 흙으로 된 길로 접어든다. 이제 아이는 자기 학교가 황혼을 받으며 텅 비어 있는 것을 본다. 때때로 무뚝뚝한 늙은 여교장이 앞에 나와 화초에 물을 주고, 다음 날을 위해 모래에 충분히 물을 뿌리거나 작은 가축에게 먹이를 준다. 건물에는 담쟁이덩굴이 무성하게 퍼져 있다. 벽에는 나뭇가지들이 보인다. 멀리 도시 뒤쪽에서 들려오는 차량들의 파괴적인 경적 소리. 어두운 숲속에서 나무들이 살랑이는 소리. 벌써 잠든 새들. 길가의 돌들 위에 비치는 희미한 빛. "우리 조금 더 있자꾸나!"

학년이 바뀌기 전 마지막 며칠 동안 아침이면 난간을 통해 정원으로 들어가 거기에 아무도 없으면 여기저기로 옮겨 다니다가 다음에 오는 아이들에게 자기가 '맨 처음 온 사람'인 걸 보여 주는 것이 아이의 기쁨이 되었다. 그 작은 학교에서 맞은 이듬해에는 심지어 아이는 수업이 끝난 늦은 오후 남자와 함께 곧장 집으로 가는 걸 싫어하는 것 같았고, 그보다는 다른 아이들과 함께 학교 주변에 머물렀으면 하는 경우도 자주 있었다. 특별해진 그곳에서 아이는 그동안 적응된, 어쨌든 자기에게 어울리는 공동체에 머물게 되었다. 공동체 속에서 아이는 자신의 모든 괴팍스러움을 잊어버렸으나 예민함과 섬세함만은 그래도 간직하고 있었다. 겨울에 같은 반 아이들과 함께 산으로 떠났을 때도 아이는 향수를(그의 아버지는 한때 향수병으로 치료가 어려운 상처를 받았지만) 거의 느끼지 않았다. 낯선 곳에서 보낸 첫날 밤에 아이는 여럿이 함께 자는 방에서 울지 않은 몇 명 가운데 하나였으며, 나중에야 다른 아이들과 그저 '함께 울었을' 뿐이라고 했다. 종종 학교의 지나친 엄격함도 아이는 침착하게 잘 견뎌 냈고, 심지어는 자기에게 관심을 보인다고 느끼기까지 했다. 불공평함에 대해 아이는 의아해했다.(그것은 물론 꽤 효과적인 반항의 태도였다.) 그리고 시간이 지남에 따라 교과 과정도 어렵지 않게 따라갔고 심지어는 하루에 일어나는 일 중에서 활기차고 유익한 놀이라고 생각하게 되었다. 공책을 반복해서 펼치는 것은 아이에게나 또 남자에게나 자유로운 대기와 명랑함을 던져 주는 일이었다.

이어서 다가온 여름, 그 작은 학교에서 맞은 2학기 말에[10] 축제가 있었다. 늘 그랬듯이 아이가 덜 자랐다고 생각했던 남자는 축제에서 아이의 신체적 변화를 본다. 정원에서 아이는 작은 윤무팀에 끼어 춤을 추는데 첫 스텝을 내디디자 저절로 춤이 나온다. 아이는 여러 명 가운데 하나였을 뿐만 아니라 춤이 계속되자 윤무의 리더임을 분명히 알 수 있었다. 아이는 당황한 구경꾼들이 걱정했던 것과는 달리 전혀 부끄러워하는 기색을 보이지 않았다. 그때그때 빠르게 하라, 느리게 하라, 그리고 방향 전환을 하라는 신호를 주는 건 바로 아이였다. 그 애는 조용히 만족감에 차 있었고 그 만족감을 함께 흉내 내는 모든 학생들은 마당에 피어오르는 먼지 속에서 현란한 색깔로 피어난다.

그런 모습이 바뀌게 된 것은 무엇보다도 헤어짐 때문이었다. 그 작은 학교는 그날로 폐교되었고 학생들은 여러 방향으로 흩어졌다. 가을이 되자 거의 모두가 각자 다른 공립 학교로 전학 갔다.

---

10) 우리나라와는 반대로 1학기는 겨울, 2학기는 여름이다.

7

　강 건너편 구릉 지대인 근교로 이사한 탓에 새로운 공립 학교는 도시 바깥, 서쪽 바다 쪽으로 뻗어 있는 커다란 철로 구간에서 꽤 가까웠다. 남자는 그 변화를 아이를 위해 참을 수 있으리라 생각했다. 그 학교의 건물과 위치가 그전에 다니며 꽤나 좋아했던 '작은 학교'와 많은 면에서 비슷했기 때문에 심지어 그는 깊은 신뢰감까지 느꼈다. 이 학교도 정면은 초록 식물로 뒤덮여 있었고 벽 여기저기에 검은 나뭇가지들이 붙어 있어서 학교 건물이라기보다는 차라리 규모가 큰 시골 저택이나 여인숙을 생각나게 했다. 안쪽에 있는 교실들의 평면도도 비슷했고 창문도 이전 학교에서처럼 마당의 나무들을 바라볼 수 있는 방향으로 나 있었다. 나무 등걸과 관목숲, 잡초들이 아무렇게나 자라고 있는 마당에도 옛날 학교의 정원처럼 숨을 곳이 있었다.(단지 모든 것이 조금 더 컸다.) 심지어 학교로 가는 길 중 하나는 예전에 학교 갈 때 걸었던 좁은 흙길처럼 포장되어 있지 않았으며 완만한 비탈이 져 있었다. 그 점이 특히 아이에게 옛날 학교를 생각나게 하지 않았을까?

아이는 새로운 학교에 대한 거부감으로 경직되었다. 그 거부감은 시간이 지나면서 엷어지는 것이 아니라 날마다 더욱 더 강하게 굳어졌다. 저녁 산책이라는 처방도 이제는 더 이상 효능이 없었다. 물론 평화롭게 있을 수 있는 곳이 한 군데 있기는 했지만 다음 날 아침이면 다시 그곳을 떠나야 하는 비참함.(아침 식사를 먹으면서 미리 하는 걱정.) 처음에는 동급생들이 집에 자주 찾아왔지만 물론 그 아이들은 다음 날이면 학교에서 아이를 멀리했다. 여덟 살도 채 안 된 아이는 그 이유를 알고서 "내가 독일인이기 때문에 걔들은 나를 좋아하지 않아."라고 말했다.

그렇지만 그것이 최악의 상황은 아니었다. 그런 식의 말, 말로 표현되는 적대감은 아이의 마음을 별로 움직이지 않았다. 나쁜 것은 무엇보다도 남들이 자신을 보아 주지 않는다는 것, 자신이 옆으로 밀쳐진다는 것, 있을 곳을 찾아보지만 그런 곳이란 항상 어디에도 없다는 것이었다. 그래서 가장 두려운 것이 이제는 '쉬는 시간'이 되었다. 오후 늦게 남자가 아이를 데리러 가면 아이는 대개 아주 멀리 떨어진 구석에서 이미 오래전부터 그가 오는지 살피고 있었다.

어른에게서는 절망이 여러 방식으로 감추어질 수 있었다. 그러나 아이에게서는 어느 경우에나 절망을 눈치챌 수 있었다. 그리고 희망을 잃은 아이를 보는 것은 견디기 어려웠다. 자기의 보호 아래 있는 아이를 학교에서 빼내는 일이 절박한 것 같았다. 그러던 중 언젠가 남자가 "우린 다른 사람 없이도 둘이서 계속 잘 지낼 수 있어."라고 자기 자신도 놀랄 정도로 큰 소리로 말했을 때, 그 소리를 들은 아이의 입에서 저 깊은 내면으로부터 나오는 것처럼 거의 섬뜩하기까지 한 찬성의 소리가 나왔다.

남자는 혼자 생각했다. 다른 아이들과 윤무를 추던 아이의 모습은 하나의 깨달음이 아니었던가? 하고. 아니다, 아이가 남자에게만 속한 건 아니었다. 그렇다, 아이에게는 보다 큰 모임이 필요했고 그런 모임에 자신을 맞출 능력이 있었으며, 또한 그러도록 태어난 것이었다. 그것이 아이의 길이었고 그 반대의 길을 간다는 것은 있을 수 없는 일이었다.

희한하게도 그 춤이 또 한 번 반복되었을 때 확신하게 되었다. 예전에 다니던 작은 학교의 여선생 한 분이 세상을 떠났다. 그래서 남자는 장례 미사에 참석하기 위해 십일월의 어느 저녁에 아이와 함께 교외의 오래된 구역으로 갔다. 전에 다니던 학교의 거의 모든 학생들이 부모와 함께 교회에 왔다. 대부분 폐교식의 축제 이후 서로 만나 볼 수 없었던 아이들은 장례식 도중인데도 끊임없이 머리를 이리저리 돌렸다. 어두운 둥근 천장 아래였는데도 아이들의 옷이 어른들의 옷보다 더 밝게 보였을 뿐만 아니라 그들의 얼굴, 아니 그들의 윤곽이 훨씬 더 밝게 보였다. 아니면 그들에 싸여 움직이지 않는 어른들의 모습 때문에 그렇게 보인 것일까? 장례식 미사가 끝난 후

앞뜰에 모두들 서 있을 때에는 거의 아이들 소리만 들린다. 나지막하게 대화를 나누는 문상객들 사이에서 그들은 소리 지르고, 큰 소리로 웃고, 마구 껴안고서 탄성을 지르며 떼굴떼굴 구른다. 문상객들은 아이들이 장난을 치지 못하도록 제지하지 않고 조금 전에 있었던 장례식보다 주위에서 벌어지는 그 난장판의 명랑함에 더욱 감동받는다. 그 위로 노랗게 빛나는 보름달이 뜬 그날 저녁은 드물게도 맑았는데 그 달 아래 아이들은 신들린 듯 장난을 친다. 그러고 나니 헤어짐이 아쉽다. 뒤엉킨 수많은 팔과 다리들이 떨어지자 아이들은 곧 제 자신으로 돌아온다. 아이가 남자와 단둘이 시외 버스에 앉았을 때는 늦은 시간이었다. 아이는 지쳤지만 아주 초롱초롱했고 기쁨에 충만했다고 말할 수 있겠다. 무엇보다도 예전의 친구들을 한꺼번에 모두 다시 보았다는 것, 그들로부터 그렇게 반가운 인사를 받았다는 것, 그리고 장난을 치며 여선생의 죽음을 완전히 잊었다는 것이 놀라운 일이다. 텅 빈 버스 안의 불빛은 매우 밝다. 금속 기둥들이 빛을 반사하기 때문이다. 버스는 다리를 건넌다. 만조를 이루어 여기저기 달빛이 반짝이고, 수면 위로 숲의 그림자가 드리워진 강이 그날 밤에는 유난히도 넓고 검게 보인다. 슬픈 듯 아름다운 풍경 속에서 혼자 앉아 생각에 잠겨 다른 아이들과 보낸 시간을 되새김질하며 감동스러운 듯 생기로 빛나는 아이의 얼굴이 남자의 눈에 띈다.

세상을 뜬 그 여교사는 아이에게 대단한 호의를 갖고 있었다. 그랬기 때문에 남자는 새로운 학교에서 느껴지는 낯설음—그의 과거의 경험에 비추어 너무 성급하게 생각했던 것처럼—이 그 학교가 '공립'이라는 점 때문이 아니라 아이에게(어쩌면 단지 이 아이에게만) 맞지 않았던 담임 선생님 때문이라는 것을 알게 되었다. 한 교사의 열성 없고 거짓에 찬 친절 같은 것(선의 없이 권한을 행사하거나 간섭하는 것)이 존재하고, 그 친절함은 아이에게 악의 같은 것으로, 미움을 산 것으로 느껴질 수도 있을 법했다. 어쩌면 그 남자는 그 경험에서 자기가 종종 방심했던 것을 새삼 깨닫고 거기에서 비인간적 행위가 일어난다는 것을 알게 되었던 것인지도 모른다. 더군다나 많은 교사들이 평생토록 아이가 도대체 어떤 존재인지 전혀 모른다는 것이 죄악인 것처럼 보였다. 그런 교사들은 아이와 말을 했지만 소리가 없었고, 아이를 관찰했지만 시선이 없었다. 모든 학생들에 대한 그들의 평정과 참을성은 학생들이 느끼기에는 그저 무관심일 뿐이었다.

반년이 지난 후 아이는 새 학교에 대해 반항하기를 포기했고 하루를 어떻게 보냈는지도 거의 말하지 않았다. 심지어는 자신의 처지에 동의하는 듯 보이기까지 했다. 다만 언뜻 볼 때면 때로는 운명에 체념한 것처럼 보였다. 그때까지 남자는 나이 든 한 인간의 두 눈에서나 그런 모습을 보았을 뿐이었다. 운명에 체념한다는 것은 극단적이고도 슬픈 폭력을 생각나게 했다.

조용한 시간이 다가왔고 아이에게 전처럼 다시 몇 가지 질문할 수 있었을 때 아이는 더 이상 학교에 다니고 싶지 않다고 말했다. 다른 아이들은 괜찮은 것 같지만 "나하고는 무엇인가가 맞지 않아요".

전에도 몇 번 그랬던 것처럼 다음 날 아침에 남자는 담임에게로 가서 흥분하지 않으려고 애쓰면서 이야기했다. 그렇지만 '외로움'이니, '걱정'이니, '제외된 존재'니 하는 단어들을 언급하지 않을 수 없었다. 그런 말들은 모국어보다 외국어로 말했을 때 보다 더 형식적으로 들렸을지 모른다. 갑자기 그는 정중하게 듣고 있는 상대편이 전반적으로 자기를 이해하지 못한다는 걸 알아차렸다. 점차로 교사의 두 눈에는 부탁하는 쪽이라면 결코 잊을 수 없는 표정, 신기하게 여기거나 왠지 즐기는 듯한 표정이 떠올랐다. 또한 이따금씩 적나라한 조롱의 표정까지 보였다. 그건 '다른 체제'에 사는 사람으로서 '버림받는다는 느낌'을 전혀 상상할 수조차 없다는 표정이었다.

그 순간 그의 결심이 확고해졌다. 아직 학기 중이지만 바로 그날 아이는 학교를 자퇴할 것이다.(그와는 아무런 상관도 없는 인쇄물을 나눠 주고 있는 담임의 얼굴에 나타난 공공연한 비웃음이 떠올랐다.) 그러나 아이는 단 하루도 그 남자와 함께 집에 있지 않을 것이다. 담임과 면담한 후 그는 곧 선로 구간에 있긴 하지만 움푹 들어간 선로 저편에 있는 다른 학교로 향한다. 그가 건너편 학교에 관해 지금까지 알고 있는 유일한 것은 학교의 명칭이 어떤 성자(聖者)의 이름이며 그 성자의 동상이 포장된 앞뜰에 서 있다는 것뿐이다.

그리로 가면서도 그 학교가 옛날에 자신을 죽음과 같은 냉기, 허깨비 같은 신앙, 그리고 정신적인 것에 대한 적대감으로

에워싸던 종교적 전통에 속하는 학교라는 점 따위에는 개의
치 않는다. 오히려 이제는 색채의 찬란함, 열성, 이웃 관계, 악
의 없는 천진함, 존재의 기쁨, 그리고 신비로운 일체감이 그에
게 되살아난다. 그 일체감 때문에 교회는 (혹은 적어도 교회의
기본적인 기록들은) 오랫동안 강력한 효력을 지닐 수 있었던 게
분명하다. 남자와 둘이서만 살면서 아이는 지금까지 어떤 전
통에 관해서도 별로 배운 것이 없었다.(잠깐씩 성경을 읽긴 했지
만 성경 속의 숨겨진 뜻보다는 일어난 사건만이 중요했으니까 말이
다.) 한두 번 그들은 함께 미사를 보러 갔었다. 그때 아이는 예
외적으로 그곳에서는 모두가 자기에게 '잘 대해' 주었다고 말
하기까지 했었다. 그러나 그런 것 말고는 교회에 온 사람들의
첫 말투부터 벌써 지겨워했고 바로 눈앞에 있는 사이비 목사
의 비정신적이고, 진지하지 못한 고약한 거동과 또한 신자들
의 악의에 찬, 가슴도 머리도 없는 목소리 때문에 영혼에 상
처를 받았다.

그럼에도 남자는 레일 옆으로 난 길에서 성자의 표지를 단
학교가 이제 아이를 위한 올바른 곳일 거라는 생각만 했다.
그는 그곳에서 아이를 받아 주지 않을 수 없을 것이란 걸 이
미 알고 있었다. 만일 빈자리가 없으면 아이를 위한 자리 하나
가 새로이 마련될 것이다.

밝고 쌀쌀한 삼월 아침이다. 거리의 다리 위로 가지를 뻗고
멋대로 서 있는 삼나무 뒤의 혼란스러운 하늘에 푸른 연기가
피어오른다. 분지에서 들리는 장거리 열차들의 기적 소리, 붕
붕대는 소리, 덜컹대는 소리. 세계적 도시의 교각 아래에서 투

아이 이야기

명하게 빛나며 응결된 듯 굽이쳐 흐르는 강이 마치 잠자는 거인처럼 나타난다. 남자는 옛날 사람들이 역사가에게 판결을 받으려고 할 때 그랬던 것처럼 뛰듯이 걸어간다. 틀린 문을 두드리면 올바른 문으로 데려가겠지. 그리고 그곳에서 더듬거리지만 힘찬 그의 말이 성공을 가져다주겠지. 다음 날 아침이면 불행했던 학교는 영원히 철로 저편에 두고, 남자의 열성에 자기가 그의 행복이라는 것을 확신한 아이는 기꺼이, 심지어 고마워하며 새로운 동아리에 둘러싸인다. 그건 단지 학교를 옮기는 일에 불과했지만 남자의 삶에서는 중요한 일로 보였다.

아이는 그해의 나머지 기간과 다음 해 동안 그 기독교 학교에 다녔다.(아무튼 이른바 중학교로 진학할 때까지.) 그 학교는 최고의 학교는 아니었다. 전에는 그랬었지만 최고의 학교란 더이상 존재하지 않았다.(포장이 안 돼 있었던 길 역시 그동안 포장이 되었다.) 그러나 그곳에는 악의가 없다는 사실이 아이에게는 좋았다. 전에 다니던 학교와는 달리 학생들이 학교 근처에 있는 각양각색의 가정에서 오다 보니 처음에는 주변 마을과 경계가 없는 것처럼 보였던 근교 도시도 독자적이면서도 여전히 시골 같은 부드러운 모습을 지니고 있었다. 그 학교에서는 평범함이 지배적이었고 그건 아이를 위해 무엇보다 건전한 것으로 증명되었다. 아이도 자신이 기꺼이 평범할 수 있다는 것에 스스로 놀라워했다. 처음에 남자는 아이가 짐짓 어리석은 짓을 하지 못하도록 했다. 그럴 때면 아이가 낯설게 느껴져서였다. 그러나 남자가 너무 오래도록 같이 놀지 않아서인지 정말 말도 안 되는 헛소리와 위트도 아이에게 도움이 된다는 것을 알아차렸다. 또한 아이가 결코 경건함의 징후를 보이지 않았다는 생각도 들었다. 믿음 깊은 아이라는 것을 도대체 상상이나 할 수 있겠는가?

　전체적으로 보아 이 시기에 해당되는 아이 이야기는 지난 몇 년과는 달리 학교에서보다는 대부분 남자와 둘이서만 지냈던 집에서 이루어졌다. 두 사람은 각각 다른 층에서 지내곤 했다. 가끔 집으로 찾아왔던 어떤 사람은 그런 모습을 보고 처음에는 두 사람이 자기에게 '꽤나 슬픈 모습'으로 보였는데 사실은 전혀 불행하지 않고 심지어는 아주 명랑하고 자의식 있는 공동체를 형성하고 있다는 것을 차츰 깨달았다고 말한 적이 있었다. 나중에 남자 역시 그때처럼 만족에 가까운 느낌을 느껴 본 적이 없었다고 생각했다.

　그러나 그 나라에서 보낸 몇 해 동안 가장 큰 불화가 점점 더 불거져 전과 같은 조화는 더 이상 생각할 수조차 없었다. 남자는 눈에 띄지 않을 정도로 천천히 낯선 언어에 친숙해졌던 반면 아이는 그 언어를 곧 토박이 아이들보다 훨씬 더 잘할 수 있을 만큼 배웠으나 그저 마지못해서 이 제2의 언어를 썼다. 이른바 2개 국어 사용이란 것이 흔히 말하듯 재산이기도 하지만 오랜 시간이 흐르면 고통스러운 괴리감을 낳는다는 것을 알 수 있었다. 아이는 집에서는 결코 외국어를 쓰지 않았고—기껏해야 장난칠 때나 썼다.—학교에서는 하루 종일 집에서 쓰는 말은 한마디도 하지 않았다. 아이가 학교 밖에서 토박이 주민들과 어울릴 때면 남자는 곧잘 자기 아이인 줄 못 알아보겠다고 생각했다. 아이는 다른 언어를 쓸 때는 다른 목소리를 냈고, 다른 표정을 지었으며, 다른 태도를 취했다. 그러니까 낯선 어법 때문에 완전히 낯선 태도가 뒤따라왔던 것이었다. 한편으론 흉내를 내고 지나친 기교를 부리는 듯했고 다른 한편으론 꼭두각시 같았다. 그렇게 하는데 더 이상 두려워하지 않았고 자신을 잊은 듯했다.(그것은 어쩌면 일상적이고 일반적인 행동이어서 언급할 가치조차 없는 것처럼 보였다.) 어쨌든 아이가 집에 돌아와 원래 쓰던 말을 쓸 때면 언제나 긴장을 푸는 것이 느껴졌다. 그런 상태에서 아이는 다시금 즐겁게 조잘댔고 더 편안한 몸가짐을 했으며 눈길도 더 침착하게 돌렸다. 2개 국어를 쓰기 위해 매번 마음속으로 정리하고, 무엇보다도 목소리를 완전히 다르게 '조절'하지 않으면 안 된다고 아이 자신도 설명하지 않았던가?

괴리감은 한 해가 지나는 동안 잊히곤 했다. 그러나 그 괴리감은 아이가 매번 고향에서 보냈던 마지막 방학 동안에 절망적인 모습을 드러냈다. 방학이 끝난 다음 외국어 글자와 소리가 마구 뒤섞여 입 밖으로 나오는 와중에 그 나라에 도착하는 고통은 어떤 다른 고통과도 비교할 수 없었다. 언어가 낯선 이웃 나라보다 더 냉담한 외국은 없었다.

그렇게 도착하는 날이면 분명해지는 것은 제 나라 말을 쓰는 고향으로 되돌아가는 것, 그것도 가능한 한 빨리 되돌아가는 것이 불가피하다는 사실이다.(대체로 다음 날 아침이면 집과 정원 모퉁이, 습관적인 걸음걸이와 시선에서 절망감이 마치 마법을 부린 것처럼 없어졌기 때문에 귀향이 늘 새로이 미루어졌지만.) 게다가 그 낯선 나라에서 보낸 오 년 동안 그 나라 출신의 친구는 단 한 명도 생기지 않았고 항상 외국에서 온 아이들——대개의 경우 다른 대륙에서 온 다양한 종족의 아이들——이 친구가 되었다는 것만으로도 귀향의 이유는 충분하지 않았던가?

더 이상 위로할 건 없었다. 아이는 태어나 처음 쓰던 언어권으로 돌아갈 것이다. 그런 결정을 내릴 수는 있다. 왜냐하면 남자도 자신의 인생 역정을 위해 변화가 필요하다고 생각했기 때문이다. 아이 때문에(아이는 그에게 대작을 쓸 수 있는 시간을 허용하지 않았다.) 그는 점차 옛날에 가졌던 야망을 잊어버렸고 늘상 유쾌하고 활기차게 한가함을 즐겼다. 그러면서도 그는 순수한 양심을 지키기 위해 아이와 함께 외국이라는 주위 여건이 주는 장점을 포기할 것인지 고심했다. 그곳에서는 어느 누구도 그의 직업을 물어보지 않았고, 아이와 함께 사는 것이 그의 삶의 이상에 걸맞았던 것처럼 그곳에서 그는 소위 '유명한 외국인'일 뿐이었다. 전에 노력한 덕분에 모처럼 돈이 충분했기 때문에 여기서는 힘든 일을 하느라 고생할 필요가 전혀 없었다. 도시 외곽으로 뻗어 서로 교차되는 수많은 길 위에서 전례 없이 밝은 풍경이 그의 앞에 나타났다. 그런 풍경을 그는 세월이 지나면서 결코 본 적이 없었지만 지도 위에 그리려고 하면 그릴 수도 있었다. 그렇다면 그런 삶은 더 이상 아무것도 하지 않고 '외국인' 대열에 끼어 그저 아이하고만(물론 아이도 힘 닿는 데까지 스스로를 돌보고) 은밀히 지내고, 도시 외곽의, 다른 언어를 쓰는 학교 근처에 있는 집에 틀어박혀 살며, 제일 꼭대기에서부터 저 아래 깊은 곳까지 늘 새로운 영원의 순간 속에서 빛나는 세계적 도시의 모범적이고 텅 빈 외곽지대를 어슬렁거리며 숨어 지내는 걸 의미하는 게 아니었던가?

그러나 바로 그 무위의 기쁨이 세계를 놀라게 할 정도로 크고, 평화롭고, 보다 관대하면서도 훌륭하지만 자신만의 계획을 세워야 한다는 강박관념을 주었기 때문에 그는 늘 무언가를 꽉 붙들어야 한다는 생각, 어떤 결과를 남에게 보여 주어야 한다고 점점 더 절박하게 열망했다. 지난 세기에 같은 생각을 가진 사람이 있었다는 것을 앎으로써 한가하게 혼자 있으면서도 자주 과민해지는 그에게 '형식에 대한 애착이 없이는 난 신비주의자가 될 것이다.'라는 모토가 생겼다. 아니, 그는 광희론자나 명상론자로서 그냥 단순히 관찰이나 하며 살 수 있는 능력도 없었다. 그는 주체적인 통찰자가 되지 않으면 안 되었다. 그러기 위해 그는 다시 활동할 필요가 있었다.

그래서 그는 일 년 동안 아이와 떨어져 있겠다는 결심을 했다. 아이는 결코 아웃사이더가 되지 않았던 엄마 곁에 머물렀고 다시 고국에서, 출생한 도시에서 학교에 다녔다. 남자와 떨어져 있다는 건 아이에게는 별 문제가 되지 않았다. 이제 아이에게 중요한 것은 모국어를 쓴다는 것과 (처음으로 같은 집에 살았던) 친구들이었다. 한때는 무언가 '작업'을 한답시고 일상다반사를 소홀히 하는 사람들을 경멸해 왔던 남자는 의식적으로 자신의 정당한 권리를 멀리했다. 육 년간 아이와 둘이서만 지낸 후에야 그는 한 번쯤 단호히 돌진하는 시도를 해볼 수 있게 된 셈이었다. 그리고 그것은 다른 모든 것을 제쳐놓고, 빗나가지 않게 일에만 집중해야 가능한 것으로 여겨졌다.(게다가 아이에게도 '영원한 타인'은 없는 게 좋을 것이라고 그는 확신했다.)

늦여름 제3국에서 마지막 주일을 함께 보내고 작별하던 날, 아이는 처음으로 엄마와 함께 새로운 곳을 향해 떠난다. 남자는 비행장 테라스에 서서 비행기가 뜨는 것을 본다. 비행기는 하늘 높이 떠오르고 어느새 아주 작아져 활주로를 북쪽으로 두고 날아가다가 구름이 트인 곳에서 마지막으로 섬광 같은 모습을 드러낸다. 내 발밑에는 소나기에 아직도 젖어 있는 석판이 있다.

8

　남자는 전에는 아이들을 모두 다른 종류의 종족으로 보았
다. 때로는 '절대 사로잡히지 않는' 잔인하고 자비심 없는 적대
적인 종족으로, 심지어는 식인종처럼 야만적인 종족으로 보기
까지 했었다. 그리고 인간의 적은 아닐지라도 불성실하고 무익
하며 전혀 상식이라고는 없는, 흥에 들뜬 군중이며 무리 밖의
다른 사람들과는 함께 지내지 않고 오래 함께 지내면 정신을
빼앗아 가, 자신을 멍청하게 만드는 종족으로 보았던 것이다.
또한 그는 끊임없이 상기되는 이와 같은 가치 평가에서 자기
피붙이도 제외시키지 않았다. 그러나 그가 아이와 떨어져 세
계 여러 지역을 돌아다니며 거의 끊임없이 작업을 하던 그해,
아이들은 일부러 특별한 짓을 하지 않아도 그에게 큰 도움이
되었다. 아이들은 그에게 인사를 하는 '미지의 인간들'이다. 그

리고 아이들은 그의 눈길이 너무 멀어지지 않도록 했다. 한 아이가 위기의 순간에 ──한 순간이 또 다른 순간을 낳는── 남자의 집 문 앞에 서 있다가 몇 층인지 몰라 길을 잘못 들었다. 적절한 순간에 혼란을 일으킨 것은 남자의 눈길이고 그다음부터는 마치 사막을 가로지르는 대상(隊商)의 음악처럼 먼 곳을 헤맨다. 초겨울에 그는 경사진 공원의 벤치에 앉아서 타원을 그리며 게임을 하고 있는 어떤 학급을 관찰한다. 그 가운데 한 아이가 놀이에 참여하지도 않고 혼자 원에서 떨어져 나와 다른 아이들 사이에서 점점 더 멀어져 나선형으로 움직이며 끊임없이 두리번두리번 누군가를 찾는다. 공이 자기에게로 굴러오면 그 아이는 조용히 피하고, 그러고 나선 그 자리에서 멈춰 서서 잠깐 동안 몸을 흔든다. 아이는 뒤로 물러나 벤치 위에 웅크리고 앉아 앞뒤로 미끄럼을 타면서 소리 없이 입을 벌렸다 닫았다 한다. 아이들로부터 떨어져 있는데도 그 아이에게서는 부드러움과 자기 확신이 흘러나온다. 그 아이의 너무 긴 외투는 턱 밑까지 단추가 채워져 있고, 아이들이 만드는 타원형 속의 진창에서는 김이 연기처럼 피어오른다. 놀고 있는 아이들의 둥근 머리통에선 빛이 난다. 그 뒤 늦겨울, 산 계곡을 통과하여 버스 여행을 할 때 기이함을 느낀 아이들은 잠잠할 뿐이다. 학교에서 집으로 돌아올 때면 아이들은 삼삼오오, 혹은 혼자 차에서 내려 국도나 들길로 사라진다. 빨리 지는 땅거미, 눈보라, 얼어 버린 폭포. 언젠가는 열린 차 문을 통해 추운 바깥에서 서로 대화를 주고받는 두 마리의 새소리가 들린 적이 있다. 그건 전에는 들어 보지 못한 슬픔과 절망, 동시에 말할 수 없는 아름다움을 지니고 있어 거기에 귀 기울이는 사람으로 하여금 내내 비가(悲歌)를 생각나게 하고 음악을 쓰고 싶은 충동을 불러일으킨다. 다음 해 이른 봄에 그는 기차를 타고 습기 많고 충충한 계곡을 가로질러 가다가 한 아이가 선로 옆을 민첩하게 지나가는 것을 보고는 머릿속에서 그 아이에게 '뛰어가듯 가는 낯선 아이야, 축복을 받으렴!' 하고 말을 붙인다. 그 뒤 다시금 황혼 녘과 밤중에 거의 아이들하고만 또 한 번의 버스 여행을 한다. 그때 무심코 떠오른 말, '아이들이 구제될 수 있을까?'

왜냐하면 시간이 흐르면서 여행자인 그는 아이들이란 누구든 간에 없어서는 안 되는 존재, 또한 기대되는 어떤 존재임을 인식했기 때문이다. 비행기나 대합실, 혹은 기타 다른 곳에서 그가 보았던 갓난아기들은 단순히 '투정 부리거나 울면서' 소란스러운 소리를 지르는 것이 아니라 저 깊은 곳에서 우러나는 소리를 질렀다. 말할 수 없이 평화로운 지역에서도 이내 어딘가에 있는 친족을 부르는 한 존재의 원망에 찬 울부짖음이 울려 퍼지는 법이었다. 그러나 아이들에겐 분명 그들의 뜻에 맞게 그들을 대해 주는 타인이 필요했던 것이다. 번화가, 슈퍼마켓, 그리고 지하철에서 떠밀고 떠밀리는 가운데 어른들 키의 반밖에 오지 않는 높이에서, 그렇게 많은 무리들 가운데에서도 한 사람 한 사람을 알아보고 그로부터 응답의 눈길을 찾는다. 거의 깜박대지도 않고 크게 열려져 있는 아이들의 눈이야말로 유일하게 확실한 것으로서 언제나 그의 눈에 띄었다.(남자가 행인으로서 그냥 지나치더라도 그들에게는 도움을 줄 만한 사람으로 인식될 수 있다고 기대할 수도 있겠지.)

그러자 그에게 뚜렷해지는 생각은 그렇게 자주 저주하고 비난했던 '현대'라는 것은 전혀 존재하지도 않고 '종말의 시기'라는 것도 다만 머릿속에서 생각해 낸 망상에 지나지 않는다는 것이었다. 이 새로운 의식과 함께 언제나 똑같은 가능성들이 시작되었고 혼잡한 가운데 아이들의 두 눈은——그 눈을 보아라!——영원한 정신을 전해 주었다. 만일 그런 시선을 못 본다면 그대는 정말 안됐다!

어느 날 그는 박물관에서 베들레헴의 아이들 학살에 관한 신화를 그린 그림 앞에 서 있다. 그 그림 속의 한 아이가 눈 속에서 한쪽 발을 뒤로 비튼 채 머리에 수건을 두르고 앞치마를 한 엄마를 향해 두 팔을 들어 올리고 있다. 형리는 구부린 집게손가락으로 그 아이를 붙잡고 있다. 그 그림을 보고 있는 남자에겐 그 모든 것이 마치 바로 지금 일어나고 있는 것 같아 문자 그대로 '저건 있을 수 없어!'라고 생각하면서 자기는 다른 무언가를 후손에게 남기겠다고 결심한다.

일부러 여러 곳을 거쳐 집으로 돌아오면서 그는 초여름의 어느 일요일 오후에 큰 호수를 운행하는 정기 항로 선박을 탄다. 그는 이미 고국에 와 있다. 수없는 비난을 받았던 (또한 그가 꿈꾸기도 했던) 민족[11]은 이미 오래전부터 존재하지 않았다. 그 점은 어느새 확실해졌다. 나라의 아름다움을 염려했던 사람들은 이미 죽은 지 오래되었다. 그리고 살아 있는 사람들

---

11) 독일인.

대부분은 전쟁이 없기 때문에 악의에 차 웅크리고 있었다. 모든 호두나무의 둥근 열매에서 예리한 칼이 아래쪽 그늘에 있는 불임자(不姙者)들에게 떨어져 그들을 말살해 버리면 좋겠다! 그게 그의 저주이다. 그러나 바로 그날, 배의 갑판에 검은 양복을 입고 단추를 잠그지 않은 채 하얀 셔츠를 입은 한 남자가 그의 맞은편에 앉아 있다. 그 남자 옆에는 비슷한 옷차림을 한 아이가 있다. 두 사람이 그런 식으로 함께 있는 것은 흔치 않은 일이다. 그 남자는 어느 대규모 건축물에 정신이 팔려 자기 아이를 별로 돌보지 않는다. 그들은 그런 호수도, 선박도 없는 지역에서 온 모양이다. 그렇다고 먼 곳에서 휴가를 온 사람들은 아니고 소풍을 나온 토박이들이다. 어쩌면 그들은 처음으로 그렇게 둘이서만 여행을 하는 건지도 모른다. 어쨌든 그건 일요일 오후에나 있는 일이다. 그들은 별다른 즐거움을 보이지 않고 조용히, 아주 똑바로 앉아 정신을 집중하고 있다. 공기는 맑고, 부드러운 구릉 뒷자락에 있는 갈색의 침엽수림에 덮인 해안이 가까이에 있는 것 같다. 남자와 아이는 두 손을 무릎 위에 얹어 놓고 있었다. 이따금씩 아이는 무언가를 묻는다. 목소리에 아이다운 느낌 없이. 그러면 그 남자는 대답한다. 단음절로 완전하게. 대개 어른들이 아이들에게 말할 때처럼—많은 사람들이 심지어는 억지로 꾸미느라 말 실수를 하기도 한다.—다정하지도 않고, 멍한 정신 상태에서 대답한다. 상륙장에서 상륙장으로, 호수 위를 자유자재로 떠다니는 항해는 오후 내내 걸린다. 그 낯선 남자의 얼굴은 점점 더 어두워지고, 아이는 처음과 똑같이 진지해 보인다. 그들은 항상 똑같은 거리를 두고 앉아 있어 배 위에서 그들만의 독특한 검은 동아리를 이루고 있다. 그들은 배 위에 있는 유일한 사람들이다. 두 사람에게서는 위엄과 고결함의 빛을 띤 강한 슬픔이 묻어난다. 이제 관찰자인 그는 이 검은색을 색깔로 체험하면서 그것을 한 민족의 색깔이라고 새삼스레 깨닫는다. 그는 이들보다 하늘에 더 가까이 있는 한 쌍을 결코 본 적이 없다. 어쨌든 그 두 사람 위에 떠 있는 하늘이 더 이상 그렇게 끔찍하게 멀리 떨어져 있는 것처럼 보이진 않는다. 구릉 뒷자락에 드리워져 있는 악천(惡天)의 구름층. 우듬지를 자른 나무들 위에 나타난 밝은 경계선. 그건 단순한 번쩍임이나 빛이 아니라 돌풍 속에서 다시 물결이 일다가 목표의 시간, 인류의 시간—영원함—으로 가는 '선구자들'로서 차례차례 수평선 멀리 급히 사라지게 되는 실질적인 것이다. 황혼 속에서 두 사람은 배에서 내려 도시를 가로질러 버스 정류장으로 걸어가겠지. 버스의 입구가 열리면 먼지 덩어리가 그 황량한 지역 위로 불겠지. 첫 빗방울들이 떨어지면 먼지는 덩어리가 되어 구르겠지. 텅 빈 버스는 밤새도록 시골 어디엔가, 갈리치엔(아이 이야기에 등장하는 세 번째 장소명)이란 이름의 마을에 서 있다가 동이 틀 무렵에나 도시로 돌아오게 될 것이다.

아이는 늦가을 안개 낀 날에 도착했다. 오직 돌아온 자만이 현실적이다. 아이는 남자와 같이 있지 않은 동안 더욱 튼튼해졌다. 아이는 스스로를 지킬 수 있었고, 자신이 전에는 '결코 방어적이지 않았다'는 걸 이해하지 못했다. 그럼에도 아이는 전과 마찬가지로 마음에 상처를 잘 입었고 분명 늘 누구에게도 속하지 않은 것처럼 남자의 곁에 있을 것이다.

수없이 주거지를 변경했지만 그것이 아이의 방향 감각을 없애지는 않았다. 아이는 심지어 자기가 살고 있는 거리로부터 어느 방향에 남극과 북극이 있는지도 알고 있었다. 아이는 그 도시에서 흔히 쓰는 억양을 거의 조금도 받아들이지 않았다. 그러나 아이의 말 속엔 어느 틈엔가 (훨씬 더 견디기 쉬운 익살스러운 말에 덧붙여) 위대한 인간들이 쓰는 독일어가 몇 마디 들어가 있어서 남자는 아이에게 "넌 아직 아이니, 아니면 벌써 독일 여자가 됐니?"라고 묻고 싶었다. 또 한 가지 묻고 싶은 것은 아이의 놀이 친구가 고국의 아이가 아니라 분명 다른 나라 출신이라는 점이었다. 게다가 두 아이는 너무도 친해서 심지어 '구름이 어쩌니저쩌니' 하면서 서로 불러낼 수도 있었다.(대부분의 다른 아이들에겐 하늘의 현상이나 나무 따위는 '아무 것도 아닐' 테지만.)

아이는 옛날에 남자가 우아함과 자유로움에 대한 관점을 처음 체험했을 때 들었던 것과 똑같은 유행가나 노래들을 들었다. 혼자 있을 때면 텔레비전이나 카세트 때문에 아이가 걸어갈 길이 얼마나 자주 산만해지고 늦춰질 것인지 조금은 생각해 볼 일이었다. 그러나 남자는 믿자고 다짐했고, 시간이 지나면서 그런 뒤죽박죽한 상태의 이면에 질서가 있음을 깨달았기에 적어도 가끔은 아이를 그렇게 내버려둘 수 있었다.

그러면서 동시에 그는 '교육시킨다'는 생각 자체에서 새로운 종류의 기쁨을 깨달았다. 비록 그가 아이에게 줄 수 있는 유일한 것은 '나는 어느 누구보다 더 강하다.'라는 가장 깊은 내면의 언어에서 출발하는 것이었지만.(그는 또한 '네 책가방 위에 쓰인 것 같은 슬로건이 쓰여 있는 액자 따윈 절대로 갖길 원하지 않을 것이다!') 그러나 아이가 말을 듣도록 하기 위해서는 훨씬 더 간결하게 말하지 않으면 안 되었다. 그래서 교사로서의 그는 아이를 가르치면서 늘 아이보다는 바깥의 색깔을 보기 위해, 좀 더 정확히 말하자면 형태들을 보기 위해 더 많은 시간을 가질 수 있었다. 그리고 그 결과——단순히 분위기에 싸여서가 아니라——스스로 뻗어가는 어떤 양치(羊齒) 식물이나 가죽처럼 점점 두꺼워지는 나뭇잎 하나에서, 혹은 커지느라 몸부림치는 한 달팽이의 껍질에서 계절이 지나가는 것을 보다 깊이 느낄 수 있었던 것이다.

그는 또한 아이로부터 아름다움의 본질에 대한 실질적인 경험, 즉 '사람들은 아름다운 것을 너무 나쁘게 본다'는 경험도 했다. 때때로 아이는 실제로 마술을 부릴 수 있었다.(그만한 또래의 많은 아이들이 그럴 수 있는 것처럼…… 그것을 남자는 아이와 떨어져 있던 기간에 알게 되었다.) 아이의 겸손함 뒤에는 악마와 같은 능력과 기교가 숨겨져 있었는데 어느 날 그런 능력을 실제로 행하자 처음으로 아이의 몸에서 땀 같은, 즉 창조자의 달콤하고도 생산적인 땀 냄새가 났다. 어느 날 오후 남자는 아이가 혼자서 마치 전설 속에 나오는 칼리프[12]처럼 어느 누구한테도 들키지 않고, 모든 것을 주시하면서 배회하는 것을 본다. 아이는 모든 시장과 골목과 통로의 비밀스러운 지

---

12) 회교국의 군주.

배자라기보다는 남몰래 황홀함을 느끼는 배회자로 보인다.

　물론 그와 반대로 아이의 행동을 볼 때면 (그리고 태만함을 볼 때면 더욱더) 사람들은 늘 규제된 교육에 대한 의무감을 느꼈다. 그것은 악의나 악행이라기보다는 방심, 무관심, 통틀어 말하자면 주위를 망각하는 것과 같은 것이었다. 그러나 그렇게 주위를 망각하는 것은 어떤 무법성 못지않을 만큼 분노를 자아내는 일이었다. 언젠가 남자는 어떤 사람이 다른 사람도 아닌 자기 아들에게 이처럼 욕하는 것을 목격했다. "네 부모의 수치다! 머슴놈의 상판대기! 무관심한 천치! 법도 모르는 탐욕의 노예! 은혜를 모르는 놈! 얼간이 같은 놈! 천지 분간도 못 하는 덩치 큰 소금 기둥! 내 고통의 씨앗! 저만 아는 돌머리! 인정머리 없는 독재자! 게으름의 표본! 태만의 원천! 모든 악덕의 본거지! 무목적의 전형! 죄 없는 표정을 한 고문자! 위대함의 방해자! 가장 가까운 피붙이면서 가장 끔찍한 적! 내 모든 악몽의 원인! 내 가슴속의 치유할 수 없는 상처! 나태와 몰인정, 변덕과 속물 근성의 본보기! 우리 둘 사이는 이제 끝이다! 나는 네가 누군지 더 이상 알고 싶지 않다! 이 집에선 네 이름 석 자도 더 이상 부르지 않을 거다! 여기서 꺼져 버려라!" 그리고 분명 성서에서 인용된 말로 욕을 먹은 아이는 이 욕설을 이해했기에 창백해졌고 어안이 벙벙해져 입을 다물었다. 그 말을 들은 제삼자는 그 장황한 욕설에서 본보기를 찾으려고 했다. 그러나 그가 그와 비슷한 욕을 해 보려고 할 때마다 그에게는 마치 뇌신(雷神)[13]을 모범으로 삼아 퍼부었던 것처럼 열에 찬 목소리가 나오지 않았다. 그는 다시 한번 소리 없는 소란을 떨면서 욕을 먹는 아이가 어떤 순간을 기다린다는 것과 아이가 자기 앞에 있지 않다는 것을, 즉 자기와 마주하고 있는 것이 아니라 자기 아래 있다는 것을 깨닫는다.

다음 해 이른 봄에 아이는 열 살이 되었다. 아이는 생일을 기뻐했고 자의식에 차서 자축했다. 아이는 또 온종일 어른들 없이 보냈고, 혼자서 혹은 또래들과 함께 하루를 꾸려 나갔다.

학교로 가는 길 근처의 활엽수림(주거지가 다시 바뀐 후 아이가 찾은 장소. 누구나 그런 고향을 가질 필요가 있는 것 같다.) 속의 작은 새 둥지마다 거의 나치의 휘장이 그려져 있었다. 그것은 누구의 눈에도 띄지 않은 것처럼 보였다. 그러나 남자가 아이에게 그 휘장에 관해 말했을 때 아이는 끔찍한 장소들을 모두 알고 있었다. 겨울이 되어 그 둥지가 낙엽들로 반쯤 덮이자 그 모습은 차마 눈으로 볼 수 없는 지경이 되었다. 그 말 없는 전쟁의 끔찍한 흔적에 덧칠을 하러 함께 가자는 제안이 남자에게는 왠지 약간 과장되게 느껴진다. 그러나 놀랍게도 아이는 곧 동의한다. 그러고는 물감통과 붓을 가지고 오전 내내 나무들 사이에서 보낸다. 자그마한 행동, 만족스러운 탄성, 암울하게 번쩍이는 복수자의 눈.

다음 해 이른 봄, 위도에 비추어 보아 전에 없이 온화하고

---

13) 우레를 맡고 있다는 귀신.

바람이 산들산들 부는 어느 일요일에 아이는 집 앞의 모래 깔린 마당에 서 있다. 마당은 가볍게 솟아 있고 뒤쪽엔 관목숲이 죽 뻗어 있다. 숲속에 난 군데군데 깊고 어두운 길들이 앞서 가는 아이의 늘어뜨린 머리칼과 조화를 이루며 펼쳐져 있다. 십 년쯤 전 외국에서 혼자 강가를 걸어갈 때 보았던 것처럼.(그때보다 머리칼은 더 길고 많은 부분은 색이 더 진해졌지만.) 그리고 그런 곳들을 지나 아이는 지금 늘상 부는 사나운 바람을 맞으며 세계의 끝까지 걸어간다. 그런 순간들은 그냥 지나가거나 잊혀서는 안 된다. 그런 순간들은 그들이 계속 움직일 수 있도록 뭔가를 더 요구했다. 그건 선율, 바로 노래이다.

이어서 다가온 가을, 어느 비 오는 날 아침에 남자는 아이의 등교 길을 잠깐 동행한다. 책가방은 해가 바뀌면서 점점 무거워졌고 그것을 멘 아이는 '학교의 노예'라는 별명을 얻게 되었다. 다른 학생들은 서로 모여서 걸어가지만 아이는 그들 속에 끼어 계속 혼자 간다. 신축 주택들이 모여 있는 곳으로 축축하고 어두운 거리가 죽 뻗어 있다. 그 앞에선 플라타너스의 동그란 열매들이 일정하게 흔들거리고 있다. 그 풍경에서 밝게 빛나는 것은 발코니의 창문 턱과 길바닥에서 번쩍거리는 사각의 창문, 그리고 그 길을 걸어가고 있는 아이들이 등에 멘 책가방의 금속 자물쇠와 이름표이다. 그때 금속 자물쇠와 이름표에서 발한 빛이 서로 연결되어 우주의 모서리를 불태우는 유일한, 유일한 글귀, 눈에 꽂혀 해독될 수 있는 글귀 쪽으로 쏟아진다. 그리고 그걸 보고 있는 남자는 여기서, 그리고 나중에라도, 이미 쓰인 이야기뿐만 아니라 한 아이의 모든 이야기에 언제나 부합될 어떤 시인의 문장을 깊이 생각한다. 바로 "칸틸레네──사랑과 모든 열정적인 행복이 충만하길."이라는 문장을.

작품 해설

자아에 눈을 뜨는 글쓰기

2019년 노벨 문학상 수상자인 오스트리아 작가 페터 한트케의 이름은 우리나라에서도 낯선 이름이 아니다. 1970년대 말부터 이미 『관객 모독』, 『카스파』 등 그의 희곡들이 공연되었고 여타 산문 작품들도 몇 편 번역되어 소개되었기 때문이다.

그의 작품 활동과 관련하여, 우리는 한트케란 이름을 아방가르드와 연관시킨다. 그 이유는 그가 작가로서 주목받기 시작했던 1960년대에 언어 실험적 스타일을 시도했기 때문이다. 그러나 1970년대부터 그는 그런 실험적 스타일을 극복하고 전통적 서술의 큰 흐름 속으로 들어간다.

한편 한트케가 주제나 소재 면에서 끊임없이 관심을 가졌던 것은 바로 '자기 자신'이었다. 그는 많은 작품들과 여러 인터뷰를 통해, 적어도 문학 활동과 관련해서는 자신 이외의 여타의 것에 대해 관심이 없음을 밝힌 바 있다. 그러므로 한트케는 거의 모든 작품에서 자신의 이야기를 쓴다고 볼 수 있다. 그중에서도 특히 『소망 없는 불행』(1972)과 『아이 이야기』(1981)는 그런 주제 의식에 부합하는 가장 전형적인 작품이며 그의 작가로서의 발전에서 중요한 의미를 갖는 작품이라고 생각된다.

『소망 없는 불행』은 1971년 수면제를 다량으로 복용하고 자살한 어머니의 죽음을 겪은 후 쓰인 산문으로 어머니의 일생을 회상하면서 한 인간이 자아에 눈떠 가는 과정을 그리고 있다. 우리는 이 작품에서 불행했던 한트케 자신의 이야기, 그의 조국 오스트리아의 역사 및 어느 나라에서나 공통분모를 찾아볼 수 있는 여자의 일생까지도 읽을 수 있다. 그런 의미에서는 페미니즘적 요소도 들어 있는 작품이라 할 수 있다. 그러나 무엇보다도 이 작품에서 우리가 눈여겨보아야 할 것은 한트케의 작업 태도라고 할 수 있을 것이다. 이 작품의 서술 방식에서 독자는 어머니에 대한 이야기이기 때문에 객관성을 잃고 감성적으로 몰입하려 하는 자신을 작가로서 엄히 다스리며 글쓰기에 임하는 한트케의 치열한 작가 정신을 읽을 수 있다.

『아이 이야기』는 우리나라에 처음 소개되는 작품으로 한트케가 연극배우였던 첫째 부인과 결별한 후, 딸 아미나를 맡아 기른 경험을 토대로 하여 쓰였다. 그는 파리와 독일의 여러 도시로 거주지를 옮겨 가며 남자로서 아이를 키우며 겪는 이야기들을 매우 담담하게 기록하고 있다. 담담한 필체와는 달리

이 작품은 한트케가 작가로서 진일보했음을 보여 주고 인간으로서도 한 단계 더 성숙했음을 보여 준다. 그의 표현을 빌리자면 여러 의미에서 '폐허'로 가득 찬 자신의 어린 시절로 인해 가정 생활이라든가 가족 관계 등에 매우 부정적이었던 자신이 딸을 키우며 그것들의 소중함을 인식해 가고 결국은 한 인간 속의 소우주까지도 발견하게 되는 과정이 이 작품에 담겨 있기 때문이다.

아무튼 두 작품은 꾸준히 자신의 이야기를 쓰고 있는 한트케를 이해하는 데 핵심이 되는 중요한 작품이라 생각된다. 작가로서 출발할 당시부터 문학이란 언어로 만들어진 것이지 그 언어로 서술된 사물들로 이루어지는 것이 아니라던 그의 주장만큼이나 그의 언어는 번역하기에 쉽지 않았다. 특히 이미지를 나열하는 부분에서는 어려움이 많았지만 독자들을 위해 때로 산문적으로 풀어 쓴 부분도 있음을 밝혀 둔다.

번역을 위해서는 Wunschloses Unglück(Residenz Verlag, 1972)와 Kindergeschichte(Suhrkamp Verlag, 1981)의 두 단행본을 대본으로 사용했다.

끝으로 독일의 주어캄프 출판사와 오스트리아의 레지덴츠 출판사의 동의를 얻어 한국 문학과는 다른 문학성을 지닌 두 작품의 출간에 애를 쓰신 민음사에 감사드린다.

2002년 봄
옮긴이 윤용호

작가 연보

1942년   12월 6일 오스트리아 케른텐의 그리펜, 알텐마르크트
         6번지에서 태어났다.

1944년   동베를린–판콥으로 이주했다.

1948년   고향으로 다시 돌아와 초등학교에 입학했다.

1954년   탄첸베르크에 있는 김나지움의 기숙학교로 전학했다.

1959년   탄첸베르크의 김나지움을 자퇴한 후 마지막 삼 년간
         클라겐푸르트 김나지움에서 수학했다.

1961년   그라츠 대학교 법학과에 입학했다.

1965년   법학과를 수료한 후 연극배우 립가르트 슈바르츠와 결
         혼했다. 첫 소설 『말벌들(Die Hornissen)』이 독일 주어
         캄프 출판사에 채택되었다.

1966년   독일 뒤셀도르프로 이주. 미국 프린스턴에서 열린《47그

룹》 회합에 참석했다. 소설 『말벌들』이 출판되었다. 논문 「미국에서 47그룹의 회합(Zur Tagung der Gruppe 47 in den USA)」을 발표했고, 『문학은 낭만적이다(Die Literatur ist romantisch)』, 희곡 『관객 모독과 다른 언어극(Publikumsbeschimpfung und andere Sprechstücke)』을 출간했다.

1967년   베를린에서 '게르하르트 하우프트만 상'을 수상했고, 소설 『행상인(Der Hausierer)』, 산문 『감사역의 인사(Begrübung des Aufsichtsrats)』, 희곡 『구조요청(Hilferufe)』 등을 출간했다.

1968년   논문 「나는 상아탑에 산다(Ich bin ein Bewohner des Elfenbeinturms)」를 발표했다.

1968년   베를린으로 이주하여 희곡 『카스파(Kaspar)』, 『방송극(Hörspiel)』을 출간했다.

1969년   『방송극 2(Hörspiel Nr. 2)』를 출간했고, 딸 아미나가 출생한 후 파리로 이주했다. 『산문, 시, 연극, 방송극, 논문(Prosa, Gedichte, Theaterstücke, Hörspiele, Aufsätze)』을 묶어 출간했고, 희곡 『미성년은 성년이 되고 싶어한다(Das Mündel will Vormund sein)』, 시집 『내부 세계의 외부 세계의 내부 세계(Die Innenwelt der Aubenwelt der Innenwelt)』, 『시골 볼링장의 볼링핀 전복(Das Umfallen der Kegel von einer bäuerlichen Kegelbahn)』, 『독일 시(Deutsche Gedichte)』, 방송극 『소음의 소음(Geräusch eines Geräusches)』 등을 출간했다.

1970년 소설『페널티킥 앞에 선 골키퍼의 불안(Die Angst des Tormanns beim Elfmeter)』, 희곡『혼성곡(Quodlibet)』, 방송극『바람과 바다. 네 편의 방송극(Wind und Meer. Vier Hörspiele)』을 출간했다.

1971년 쾰른으로 이주했다. 부인과 헤어진 후 미국으로 강연 여행을 떠났고 그해 말 어머니가 자살했다. 크론베르크로 다시 이사한 후 시나리오『시사 사건들의 기록(Chronik der laufenden Ereignisse)』, 희곡『보덴 호수로의 기행(Der Rittüber den Bodensee)』을 출간했다.

1972년 '페터 로제거 문학상'을 수상했고, 소설『긴 이별에 대한 짧은 편지(Der kurze Brief zum langen Abschied)』, 소설『소망 없는 불행(Wunschloses Unglück)』, 시집『시 없는 인생(Leben ohne Poesie)』을 출간했다.

1973년 파리로 다시 돌아갔고 '실러 문학상' 및 '뷔히너 문학상'을 수상했다. 희곡『어리석은 자들 죽다(Die Unvernünftigen sterben aus)』를 출간했다.

1974년 시, 논문, 사진 모음집『소망하는 것이 이미 이루어졌을 때(Als das Wünschen noch geholfen hat)』를 출간했다.

1975년 소설『진정한 감성의 시간(Die Stunde der wahren Empfindung)』,『잘못된 움직임(Falsche Bewegung)』을 출간했다.

1976년 소설『왼손잡이 부인(Die linkshändige Frau)』, 일기체 기록문『세계의 무게(Das Gewicht der Welt. Ein Journal(November 1975~März 1977))』를 출간했고, 이

듬해 영화 「왼손잡이 부인」으로 '밤비 영화상' 및 프랑스 '조르주 사둘 상'을 수상했다.

1979년   잘츠부르크로 이사했고, 제1회 '카프카 상'을 수상했으나 자신보다 젊은 게르하르트 마이어와 프란츠 바인체틀에게 넘겨주었다.

소설 『느린 귀향(Langsame Heimkehr)』을 출간했다.

1980년   『생빅투아르 산의 교훈(Die Lehre der Sainte-Victoire)』, 선집 『배회의 끝(Das Ende des Flanierens)』을 출간했다.

1981년   소설 『아이 이야기(Kindergeschichte)』, 희곡 『마을에 관해(Über die Dörfer. Dramatisches Gedicht)』를 출간했다.

1982년   1984년까지 3년간 『연필 이야기(Die Geschichte des Bleistifts)』, 『고통의 중국인(Der Chinese des Schmerzes)』, 『반복의 판타지(Phantasien der Wiederholung)』를 출간했다.

오스트리아 기업가 협회의 '안톤 빌트간즈 상' 수상자로 지목되었으나 거절했다.

1985년   '잘츠부르크 문학상' 및 '그라츠의 프란츠 나블 상'을 수상했다.

1986년   소설 『반복(Die Wiederholung)』, 『지속에 대한 시(Gedicht an die Dauer)』를 출간했다.

1987년   슬로베니아 작가 협회의 '빌레니카 상'을 수상했다.

소설 『어떤 작가의 오후(Nachmittag eines Schriftstellers)』, 동화 『부재(Die Abwesenheit. Ein

Märchen)』, 빔 벤더스 감독과 함께 시나리오 「베를린 천사의 시(Der Himmel über Berlin. Ein Filmbuch)」를 썼다.

1988년   1987년도 '오스트리아 국가상' 및 '브레멘 문학상'을 수상했다.

희곡『질문 놀이 혹은 햇볕이 따뜻한 나라로의 여행(Das Spiel vom Fragen oder die Reise zum Sonoren Land)』, 『권태에 관한 에세이(Versuch ber die Müdigkeit)』를 출간했다.

1990년   딸 아미나가 빈 대학으로 옮겨 간 후 슬로베니아의 카르스트, 스페인의 메세타, 일본 등지를 여행했다.『주크박스에 관한 에세이(Versuch über die Jukebox)』를 발표했다.

『다시 한번 투키디데스를 위해(Noch einmal für Thukydides)』를 출간했다.

1991년   파리에서 두 번째 부인 소피와 결혼하여 파리 근교에 정착했고, 1990년도 '프란츠 그릴파르처 상'을 수상했다. 『행복했던 날에 대한 에세이(Versuch über den geglückten Tag)』, 『동경의 나라로부터 몽상가의 이별(Abschied des Träumers vom Neunten Land)』, 무언극『우리가 서로를 알지 못했던 시간(Die Stunde da wir nichts voneinander wubten)』, 1980~1992년까지 발표한 작품을 묶어 선집『긴 그늘 속에서(Langsam im Schatten)』를 출간했다. 둘째 딸 레오카디가 태어났다.

1993년	호르바트와의 대화집 『다시 한번 동경의 나라에 관해 (Noch einmal vom Neunten Land)』를 출간했다.
1994년	『인적 없는 해안에서 보낸 세월(Mein Jahr in der Niemandsbucht)』, 『도나우강, 사바강, 모라바강, 드리나강으로의 겨울 여행 혹은 세르비아인을 위한 정당성(Eine winterliche Reise zu den Flüssen Donau, Sava, Morawa und Drina oder Gerechtigkeit für Serbien)』, 『겨울 여행을 위한 여름날의 부기(Sommerlicher Nachtrag zu einer winterlichen Reise)』등을 출간했다.
1997년	소설 『불멸을 위한 준비(Zurüstungen für die Unsterblichkeit)』, 『어느 어두운 밤에 나는 조용한 집에서 나왔다(In einer dunklen Nacht ging ich aus meinem stillen Haus)』를 출간했다.
1998년	2000년까지 4년 동안 『이른 아침 암벽 창에서(Am Felsfenster morgen)』, 『울면서 물어보면서(Unter Tränen fragend)』를 출간했다.
2000년	『눈물을 삼키며 묻는다. 전쟁 속의 유고슬라비아 횡단 기록 두 편, 1999년 3월과 4월(Unter Tranen fragend. Nachtragliche Aufzeichnungen von Zwei Jugoslawien-Durchquerungen im Krieg, Marz und April 1999)』을 출간했다.
2001년	프랑크푸르트 블라우어 살롱 상을 수상했다. 2006년까지 여배우 카차 플린트(Katja Flint)와 동거했다.
2002년	장편 소설 『풍경의 상실 혹은 시에라데그레도스 산

맥을 지나며(Der Bildverlust oder Durch die Sierra de Gredos)』, 에세이『말하기와 글쓰기. 책과 그림과 영화에 대하여 1992~2000(Mundliches und Schriftliches. Zu Buchern, Bildern und Filmen 1992~2000)』를 출간했다. 오스트리아 클라겐푸르트 대학에서 명예 박사 학위를 받았다.

2003년 사회 비평『대법정 주변(Rund um das Große Tribunal)』, 희곡『지하 블루스, 지하철역 드라마(Untertagblues. Ein Stationendrama)』를 발표했다. 소포클레스의『콜로노스의 오이디푸스』를 독일어로 번역했다. 잘츠부르크 대학에서 명예 박사 학위를 받았다.

2004년 장편 소설『(돈 후안 자신이 말하는) 돈 후안(Don Juan: erzahlt von ihm selbst)』을 출간했다. 지그프리트 운젤트 상을 수상했다.

2005년 에세이『스페인의 국립공원 다이멜의 타블라스(Die Tablas von Daimel)』, 장편 소설『지나간 여행 중에(Gestern unterwegs)』를 출간했다.

2006년 희곡『실종자의 추적(Spuren der Verirrten)』을 출간했다. 독일 뒤셀도르프 시에서 주관하는 하인리히 하이네 상 후보자에 올랐으나, 세르비아를 옹호하는 한트케의 정치적 입장 때문에 시의회 의원들이 심사를 거부하고, 한트케도 수상을 거부했다. 같은 해 6월에 베를리너 앙상블 단원들이 뒤셀도르프 시의회의 행위를 '예술의 자유에 대한 공격'으로 간주하고, 한트케를 위해 '베를리너 하인리히 하이네 상'이라는 이름으로 같은 액수의 상금을 모금했다. 2006년 6월 22일, 한트케는 그들의 노력에 감사를 표하고 상금을 코소보에 있는 세르비아 마을에 기부해 달라고 부탁하여 2007년 부활절에 전달되었다.

2007년   소설 『칼리. 초겨울 이야기(Kali. Eine Vor winter geschichten)』, 『사마라(Samara)』, 에세이 『나의 지역표. 나의 연대표. 1967~2007년의 에세이들(Meine Ortstafeln. Meine Zeittafeln. Essays 1967~2007)』을 출간했다.

2008년   소설 『사마라』를 제목을 변경하여 『모라비아강의 밤(Die morawische Nacht)』으로 재출간했다. 스릅스카 공화국(발칸 반도에 있는 세르비아계 자치 공화국)의 니에고스 최고 훈장을 수상했다. 희곡 『헤어지는 그날까지 혹은 빛의 질문(Bis daß der Tag euch scheidet oder Eine Frage des Lichts)』를 출간했다.

2009년   에세이 『벨리카 호카 마을의 뻐꾸기들(Die Kuckucke von Velika Hoca)』을 발표했다. 벨리카 호카는 코소보의 라호벡 지방에 있는 인구 700명 정도의 세르비아 마을이다. 라자르 영주의 황금 십자가 상(세르비아 문인 동맹 훈장)과 프라하 시에서 주관하는 프란츠 카프카 문학상을 수상했다.

2010년   일기 『밤으로부터의 일 년(Ein Jahr aus der Nacht gesprochen)』, 희곡 『아직도 폭풍(Immer noch Sturm)』

을 발표했다. 캐른튼의 슬로베니아 문화협회에서 주는 빈첸츠 리치 상을 수상했다.

2011년　『아직도 폭풍』으로 네스트로이 연극상을 수상했다. 『큰 사건(Der große Fall)』, 『드라골읍 밀라노비치 이야기(Die Geschichte des Dragoljub Milanovic)』를 발표했다. (드라골읍 밀라노비치는 전 세르비아 라디오-텔레비전 사장이다. 1999년 4월 23일 새벽 2시경 나토 폭격기들의 공습으로 세르비아 라디오-텔레비전 건물이 폭격당해 16명의 사상자를 냈다. 그는 공습이 발생하기 약 30분 전에 회사를 떠나 화를 면했다. 후일 세르비아 정부는 달라진 정치적 목적에 따라 밀라노비치에게 방송국 직원들을 적시에 대피시키지 못한 책임을 물어 10년형을 선고했다.)

2012년　대담집 『아란후에스에서의 아름다운 날들-여름 대담(Die schonen Tage von Aranjuez-Ein Sommerdialog)』, 에세이 『은밀한 장소에 대하여(Versuch uber den Stillen Ort)』를 출간했다.

2013년　에세이 『이상 발육 버섯에 대하여. 자신의 이야기(Versuch uber den Pilznarren. Eine Geschichte fur sich)』를 출간했다.

2014년　국제 입센 상, 엘제 라스커 실러 극작가 상을 수상했다.

2015년　희곡 『시골길의 가장자리에서 관련 없는 사람들, 나 그리고 낯선 여자. 사계절 연극(Die Unschuldigen, ich und die Unbekannte am Rand der Landstraße. Ein

Schauspiel in vier Jahreszeiten)』을 발표했다.

2016년   뷔르트 유럽 문학상을 수상했다.

2017년   에스파냐 알칼라 대학의 명예 박사 학위를 받았다.

2019년   노벨 문학상을 수상했다. 스웨덴 한림원은 "인간 체험
         의 주변부와 개별성을 독창적 언어로 탐구해 영향력
         있는 작품을 썼다."고 선정 사유를 밝혔다.

2020년   소설 『두 번째 칼(Das zweite Schwert)』을 출간했다.

2021년   소설 『다른 나라에서 나의 하루(Mein Tag im anderen
         Land)』를 출간했다.

세계문학전집 65

소망 없는 불행

1판 1쇄 펴냄 2002년 6월 15일
1판 40쇄 펴냄 2023년 10월 24일

지은이 페터 한트케
옮긴이 윤용호
발행인 박근섭, 박상준
펴낸곳 (주)민음사

출판등록 1966. 5. 19. (제 16-490호)
서울특별시 강남구 도산대로1길 62(신사동) 강남출판문화센터 5층 (우편번호 06027)
대표전화 02-515-2000 팩시밀리 02-515-2007
www.minumsa.com

한국어 판 © (주)민음사, 2002, 2012. Printed in Seoul, Korea

ISBN 978-89-374-6065-4 04800
ISBN 978-89-374-6000-5 (세트)

* 잘못 만들어진 책은 구입처에서 교환해 드립니다.

세계문학전집 목록

세계문학전집은 계속 간행됩니다.